Dormindo com o BILIONÁRIO

Título original: *Bedding the Billionaire*

Tradução: Maria João Vieira
Preparação de textos: Meggie Monauar
Revisão de textos: Simone Zac
Designer de capa: Maria Manuel Lacerda
Imagem da capa: © Shutterstock
Diagramação: Cristiane Viana

Dados Internacionais de Catalogação na Publicação (CIP)
Angélica Ilacqua CRB-8/7057

Cardello, Ruth
Dormindo com o bilionário / Ruth Cardello; tradução de Maria João Vieira. – Rio de Janeiro : LeYa, 2014.
272 p. (Trilogia Ruth Cardello)

ISBN 978-85-441-0093-6
Título original: Bedding the billionaire

1. Literatura americana 2. Romance erótico I. Título II. Vieira, Maria João

14-0722 CDD 813.6

Índices para catálogo sistemático:

1. Literatura americana

2014

TEXTO EDITORES LTDA
[Uma editora do Grupo Leya]
Rua Desembargador Paulo Passaláqua, 86
01248-010 — Pacaembu — São Paulo — SP — Brasil
www.leya.com.br

RUTH CARDELLO

AUTORA *BEST-SELLER* DO NEW YORK TIMES

Dormindo com o BILIONÁRIO

Ednéa

20-07-2021

Quinta Essência

Dedicado a Carmen Sonnes, a artista que me permitiu apresentar sua história e sua arte neste livro. Visite meu site *para conhecer mais sobre ela.*
E para meus pais, duas pessoas incríveis que me ensinaram tudo o que eu sei sobre família, amizade e as idas e vindas do amor. Eu sinto saudade dos dois todos os dias da minha vida.

UM

Você está querendo saber mais sobre o surpreendente romance Corisi/Dartley? Não perca a entrevista exclusiva com a irmã da noiva. A promoção que um canal de TV de Boston estava fazendo caiu no celular que Jake Walton havia colocado sobre a mesa de seu enorme *closet*, enquanto ele se arrumava naquela manhã. Por um momento, Jake parou de fazer o nó *Windsor* que cuidadosamente havia escolhido usar na sua gravata de seda azul. A maioria dos homens sabia como fazer um ou dois nós de gravata, mas Jake conhecia mais de oitenta maneiras diferentes de fazer essa coisa tão simples, e sabia que cada um deles transmitia uma mensagem simples, mas sutil. Informação era poder, mesmo quando aplicada nos mínimos detalhes.

O vídeo que seu sócio, Dominic Corisi, havia mandado uns minutos antes para o seu celular não era propriamente uma informação agradável, mas como a entrevista ainda não tinha ido ao ar, Jake teria tempo de impedi-la. Uma vez mais, estava valendo a pena ter uma rede de segurança em várias cidades.

Aquela não era uma boa distração para Dominic, justo no momento em que ele mais precisava recuperar o seu foco. Mas, por sorte, a situação poderia ser facilmente corrigida com alguns telefonemas, e poderia ser rapidamente esquecida pelo público.

Sem dúvida, o próximo passo de Dominic seria chamá-lo, perpetuando o ciclo que havia se iniciado anos atrás: ele se metia na encrenca e ficava esperando que Jake resolvesse o problema. E Jake não negava que sentia algum prazer mórbido em colocar ordem no caos que seu sócio criava. Normalmente, algo como essa entrevista seria classificado como um incômodo menor. Dominic era famoso por ser inconstante, impulsivo, e, muitas vezes, alvo de processos judiciais, ou seja, certamente não o tipo de homem que teme uma imprensa ruim, mas, com a Corisi Enterprises investindo tanto em um único contrato com a China, o risco era demasiado alto. Jake retornou sua atenção para o nó da gravata enquanto acabava de ouvir o vídeo.

Lil Dartley vai revelar pela primeira vez o que sentiu quando o bilionário e magnata dos computadores Dominic Corisi raptou a irmã dela. Ela vai confessar algo capaz de balançar os Corisi. Você acha que conhece toda a história? Não *perca nossa exclusiva por telefone – hoje, às sete da noite.*

Certamente Dominic não havia sido descuidado a ponto de contar para ela a única coisa que, se vazasse, poderia derrubar a Corisi Enterprises. Se isso tivesse acontecido, dinheiro algum poderia parar aquela entrevista.

Lil estava apenas querendo seus quinze minutos de fama, ou aquilo era algo mais perigoso? Ela era uma jovem mãe solteira de 25 anos. Não era impossível que acreditasse que o mundo lhe devia alguma coisa depois que sua irmã mais velha tirou a sorte grande fisgando um bilionário.

Normalmente, saber dos defeitos das outras pessoas não provocava em Jake mais do que um ligeiro aborrecimento, mas agora ele se sentia estranhamente desapontado com o fato de a nova família de Dominic – especialmente Lil – estar revelando esse tipo de coisa. O caráter dela, ou a falta de caráter, no caso, não deveria incomodá-lo. *Ela era e seria sempre alguém insignificante.*

Jake lembrou-se então, com desconcertante clareza, do dia em que a conheceu. Seu corpo ficou quente e rijo, como se ela estivesse de novo ali, junto dele, lançando desafiadoramente sua cascata de cachos escuros sobre o ombro e movendo uma mão para frente e para trás, sublinhando as palavras.

— Você mentiu para mim — acusou ela. E esperou, batendo o pé, furiosa. Os detalhes da pista de boliche para onde ela o havia arrastado naquela noite tinham desaparecido, mas a sua boca continuava dolorosamente fácil de recordar.

— Você me perguntou se eu gostava de boliche, e não se eu sabia jogar. — Uma pitada de autossatisfação salpicara seu tom de voz, e ele se sentiu um pouco incômodo com isso. Afinal, bater num conjunto de pinos com um projétil arremessado a grande velocidade até que era algo bem simples quando se aponta para o "bolso", aquele espaço entre o pino da frente e o que faz ângulo com ele, atrás, à direita. Algo bem fácil se a gente entende um pouco sobre ângulos e velocidade. Então, por que ele estava se sentindo tão orgulhoso com isso?

Lil.

Descobrir que estava querendo impressioná-la havia sido a parte mais perturbadora da noite. Jake tinha coisas demais para fazer na Corisi Enterprises para perder seu tempo com o que a irmã mais nova da mais recente namorada de Dominic estava pensando sobre ele. Fez então uma careta para ela, mais em resposta a seus próprios pensamentos do que às palavras da moça.

Até conhecer Lil, ele jamais havia reparado na forma como o dinheiro determinava a maneira como as pessoas se relacionavam com ele. Ela tinha ficado tão furiosa com o motivo da sua visita que nem reparara nos detalhes os quais a maioria das mulheres achava atraentes nele. E não o tinha convidado para sair naquela noite porque estava querendo conhecê-lo melhor.

Não, ela o havia tirado daquilo que julgava ser a zona de conforto dele com um objetivo bem menos nobre, mas havia falhado.

— Desapontada por eu não estar fazendo uma figura ridícula? — Perguntou ele.

Ela colocou as mãos dentro dos bolsos da calça jeans, encarou-o de cima a baixo e sorriu ao notar o flagrante contraste entre seu terno marca *Dayang* e os coloridos sapatos de boliche alugados. O sangue dele começou a correr mais rápido, de um modo que não acontecia desde que tinha deixado os bancos da escola.

— Oh, mas ainda vai fazer, não se preocupe.

Mais do que a maneira como a camiseta amarela colava nos pequenos e tentadores seios dela, ou como a calça jeans justa revelava todas as suas curvas, o que fazia o sangue de Jake correr mais rápido era o desafio que os olhos de Lil lançavam. Ele não era o tipo de homem que se esforçava, agarrava com paixão e conquistava. Mas naquela noite ele queria ser assim.

Em vez disso, ajeitou o nó da gravata e disse:

— Então, sugiro que você bata meu recorde, ou terá a mesma sorte.

Ela continuou a avaliá-lo, balançando ligeiramente a cabeça:

— Não entendo você. Quer dizer, você não é o braço direito de Dominic?

A lembrança daquela pergunta provocou o mesmo sorriso tímido da primeira vez que ele a ouvira.

— É algo assim, certo.

— E você não se importa de estar fazendo papel de minha babá?

A pergunta dela era bem o centro do problema.

Ele deveria.

Seu sócio estava fraquejando publicamente em meio a um dos negócios mais importantes da história da empresa deles. Jake deveria ter viajado com Dominic para a China e ter-se assegurado de que o estado alterado em que sua mente estava não o deixaria exposto a manipulações.

Em vez disso, Jake permitira que Dominic o enviasse naquela viagem a Boston.

Uma viagem que deveria ter terminado depois de ele ter garantido a segurança de Lil segundo os detalhes que Dominic havia lhe passado. No entanto, alguma coisa tinha acontecido quando ela tinha aberto a porta da casa, a bebê em um quadril, e os longos cachos rebeldes emoldurando seu rosto naturalmente belo. Ele sentiu o chão fugir sob seus pés normalmente estáveis.

Jake se surpreendeu com a irritação crescente de Lil à medida que ia explicando quem era e o que estava fazendo ali; tal como o desejo que ela manifestava para que saísse dali. Ele não estava acostumado a que as mulheres o dispensassem tão facilmente; se sentia um pouco como se estivesse vendendo alguma coisa de porta em porta, e quase estivesse perdendo um cliente.

E Jake adorou cada momento da situação.

A irritação dela voltara de novo na pista de boliche, mas suavizou um pouco, e ela até pediu desculpa:

— Desculpe, eu não devia estar descarregando meu mau humor em você, mas eu sou perfeitamente capaz de sobreviver durante alguns dias sem minha irmã. A babá não é suficiente? De quanta vigilância mais ela acha que eu preciso? — Ele abriu a boca para dizer alguma coisa, mas ela continuou a falar — Não responda. Era apenas uma pergunta retórica.

Ele não conseguiu esconder bem o quanto estava achando aquilo divertido, e os olhos dela entregaram uma expressão ao mesmo tempo doce e irritada.

— Ria o quanto você quiser, porque eu não tenho um pingo de solidariedade com você. Você vai ver!

O comentário dela atingiu o alvo. A respiração dele ficou mais rápida quando seus olhos encontraram os audaciosos olhos de âmbar dela.

— Eu nunca perco.

Ela se aproximou um pouco, como se estivesse testando alguma coisa.

Ele prendeu a respiração, surpreso.

Colocando uma mão no ombro dele, ela ficou na ponta dos pés e sussurrou no ouvido dele:

— Eu também não. — E Lil deslizou a mão pelo peito dele, sobre a camisa, enquanto se voltava.

Jake se manteve imóvel, olhando o sedutor balanço dos quadris de Lil quando ela caminhava para apanhar sua bola. Antes de lançá-la, ela olhou Jake por cima do ombro, percebendo que a culpa o fazia desviar a atenção da maravilhosa bunda dela para seus audaciosos olhos castanhos. Ela piscou, quase o fazendo despencar. O corpo dele desejava intensamente o corpo dela.

No alvo.

Lil passou triunfantemente por Jake, o tocando apenas com seu aroma fresco. Até então, ele julgava que não tinha nenhuma preferência por perfumes femininos, mas naquela noite descobriu que existia um que era mais atrativo que todos os outros, e que fazia seus pensamentos voarem para direções selvagens — incluindo a de como seria a sensação daquele chão encerado debaixo da pele nua deles.

— Sua vez! — Ela anunciou com um sorriso insolente.

Ele escolheu sua bola ao acaso, e a lançou sem pensar. Quase nem reparou que a maioria dos pinos ficou de pé. E aconteceu a mesma coisa da segunda vez.

A risada dela acabou com o que ainda restava de contenção em Jake.

Se aproximando dela, ele pegara o rosto de Lil em suas mãos e provara daqueles lábios sorridentes. Apenas um toque breve, um roçar de língua, nada que contrariasse o desagrado que sempre sentira por manifestações públicas de afeto. Ele jamais havia se comportado assim antes, mas, para sua surpresa, ele achou aquilo, oh!, tão prazeroso.

O humor dela havia se derretido sob o calor da conexão entre os dois, e a sua língua começou uma ousada dança. Ele então parou de escutar a música que estava tocando ao fundo, parou de escutar a voz interior que o avisava que estava perdendo o controle. Jake a beijou até ela enrolar os braços em torno do seu pescoço, até as costas dela arquearem, pressionando-o ainda mais contra o seu corpo, até que a respiração de ambos ficasse quente e ofegante.

De repente, os jogadores que estavam em outras pistas perceberam o que estava acontecendo, e começaram a aplaudir e a soltar gritos de incentivo. Jake terminou o beijo. O seu coração pulava dentro do peito, enquanto ele lutava mentalmente para se comportar, e seu corpo o continuava traindo, não liberando o corpo dela.

Ele alcançara poder e sucesso muito rapidamente, mas isso significava que a maior parte de sua vida era passada dentro de salas de reuniões, com pessoas com o dobro de sua idade. Perto de Lil, Jake se sentia impulsivo e bem mais jovem. Ele se inclinou para provar pela última vez os lábios dela, e sussurrou contra sua boca:

— Sua vez — e reparou, surpreso, como o bom humor dela havia sido rapidamente substituído pela fúria.

Ela se afastou, pegou sua bola, e o presenteou com a visão de sua tentadora bunda e um sorriso por cima do ombro, antes de ir até à pista.

Jogo em aberto.

De volta à sua casa de Nova York, Jake ajeitou a gravata e vestiu seu paletó *Brioni* carvão com listras brancas. Poucas pessoas entendiam seu humor através das roupas, mas, recentemente, ele tinha comprado vários ternos famosos por suas ligações com os filmes de James Bond. Enquanto alisava os ombros bem cortados do paletó, disse para si mesmo que Lil não era a razão por que mudara um pouco seu estilo. Afinal, nada havia acontecido entre eles naquela noite.

Uma ligação do responsável de segurança que ele havia enviado para a China com Dominic havia terminado o que estava sendo construído entre ele e Lil. Alguém andava se encontrando com o ministro do Comércio da China enquanto

Dominic tinha retornado aos Estados Unidos para a leitura do testamento do pai, ameaçando o contrato que eles julgavam já fechado. Sem cerimônia, Jake deixou Lil na porta de casa e voou para Pequim.

Ele gostaria que esse tivesse sido o último encontro com ela.

Mas, depois, Lil lhe telefonara pedindo ajuda para encontrar a irmã, e ele a levara até Abby, na Isola Santos. A tensão sexual entre eles havia sido rápida e intensa, especialmente quando os dois se encontraram na cozinha, logo na primeira noite, mas ele tinha sensatamente freado os avanços dela. No momento em que seu sócio e suas finanças estavam potencialmente fora de controle, sua vida pessoal precisava estar em ordem. O sexo poderia esperar até que aquela crise estivesse resolvida.

Evidentemente, Dominic estava completamente apaixonado e não concordaria com ele.

Aquela obsessão de seu sócio por Abby Dartley não poderia ter rolado em pior hora; ele ia perder toda sua fortuna se não acordasse logo. Jake tinha investido muito tempo na empresa, e agora não podia ficar simplesmente sentado vendo Dominic destruir tudo, sem tentar fazer alguma coisa.

O celular de Jake tocou. Por falar no diabo...

— Jake, eu preciso de você em Boston — disse Dominic, em um tom tão brusco que chegava a ser reconfortante.

— Dominic, estava pensando em você. — *E em Boston.*

— Você viu o vídeo que eu mandei? — Perguntou Dominic com completo desrespeito pelas regras mínimas da boa educação, e continuou, sem esperar pela resposta de Jake — Abby telefonou para a irmã, mas ela não atendeu. Vá até lá e veja o que está acontecendo. — Não! — Respondeu Jake e ele próprio se surpreendeu com a convicção com que havia falado. — Essa situação se resolve fácil. Eu peço para Duhamel fazer umas ligações.

Bem devagar, em um tom cômico, Dominic disse:

— Você me disse *não*... Você jamais me diz *não*.

— Isso é porque, normalmente, você não me pede coisas que são pura perda de tempo. Preciso falar com alguns programadores. Hoje à tarde vou me reunir com um deles. — Um programador que, ao contrário do que havia acontecido com todos os outros com quem tinha falado antes, Jake esperava que fosse capaz de desativar o vírus que o hacker de Stephan Andrade havia colocado no servidor deles.

— Eu preciso de você em Boston, e isso é mais importante que todo o resto.

Jake respirou fundo:

— Dominic, você já percebeu que pode perder tudo se não fizer alguma coisa bem rápido?

Dominic respondeu:

— Estou trabalhando nisso.

Segurando o celular entre o ombro e o rosto, Jake apertou impacientemente os cardaços de seus sapatos e ironizou:

— Como eu gostaria de acreditar nisso.

— Alguma vez eu perdi um contrato?

— Burundi, Guiné, Andorra, Chile... — A lista era interminável.

— Fechamos todos eles.

— Com a corda no pescoço. — E porque eu virei especialista em justificar seus comportamentos duvidosos.

— De repente você ficou com medo de um desafio?

— Dessa vez é diferente, Dom. Você apostou tudo nesse contrato. Não me envolva em assuntos sem importância quando o relógio está trabalhando contra nós.

Por um momento, Jake achou que Dominic estava a ponto de reconhecer que ele estava certo.

Dominic disse:

— Estou conversando com duas pessoas que têm o conhecimento de que nós estamos precisando. Elas virão à minha casa no próximo final de semana. Se isso faz você se sentir melhor, eu o deixarei finalizar os detalhes.

Jake parou, de repente, alerta:

— Quem? Quem são essas pessoas?

Dominic respondeu:

— Não devíamos estar falando sobre esse assunto por telefone.

Finalmente, ele estava dizendo alguma coisa que fazia sentido:

— Certo. Onde nós nos encontramos?

— Primeiro, eu preciso que você vá até Boston e resolva para mim esse assunto da Lil.

Por um momento, uma desconfortável visão do tentador e sarcástico sorriso de Lil distraiu Jake, e ele precisou se esforçar para voltar a se focar no assunto de que estavam tratando. A irritação que sentia contra si mesmo se refletiu no seu tom de voz:

— Por que você não vai lá?

— Abby me obrigou a prometer que eu não me envolveria. Ela quer que Lil resolva isso sozinha.

— Eu ir até lá não conta?

Dominic respondeu seriamente:

— Ela não está em segurança, Jake. Lil simplesmente não está preparada para toda essa atenção que a mídia está lhe dando e não entende que é um alvo fácil. Ela acha que pode enfrentar isso, mas você sabe o quanto ela e a bebê são vulneráveis a coisas como manipulação e até mesmo a possibilidade de um sequestro. Não acredito que você ainda não tenha pensado nisso. Essa entrevista é apenas o começo de uma série de problemas.

Nunca era bom sinal quando Jake precisava admitir que Dominic estava certo.

Ele não queria pensar em Lil numa posição vulnerável. Ele simplesmente não queria pensar nela de maneira nenhuma, mas agora que Dominic havia levantado a possibilidade de ela estar em perigo, precisava reconhecer que isso, de fato, era uma verdade.

— Você já explicou isso para Abby?

Dominic se lamentou:

— Eu tentei, mas as mulheres Dartley são teimosas. Eu mandei uma babá e Lil a mandou embora. Coloquei seguranças para vigiarem a casa dia e noite, e ela ameaçou chamar a polícia se eles continuassem lá. Eu até comprei uma cobertura em Boston para aquela diaba morar, em um prédio bem seguro, mas ela não se mudou, diz que não quer e não precisa de meu dinheiro. E sequer usa o motorista que eu mandei para ela.

Oh, Dominic.

— Isso é um grande envolvimento para um homem que prometeu para a noiva ficar longe do assunto.

— Foi o que Abby disse.

— A única coisa que você ainda não fez foi trazê-la na amarra para morar em Nova York contra a vontade dela. — Jake colocou sua carteira no bolso. Como um homem como Dominic conseguira nunca ser preso continuava sendo um mistério para ele, mas era justamente isso que havia feito com que se tornasse um homem com tanto sucesso nos negócios.

— Já pensei nisso, acredite.

— Dominic...

— Não se preocupe, eu não vou fazer nada precipitado. Por isso estou mandando você. Considere isso um...

— Dom, não diga isso. Não vá por aí. Passei a última semana viajando pelo país todo tentando resolver nosso problema. Sua conta de favores se esgotou.

— Não sei se eu gosto desse novo Jake — Dominic resmungou.

Jake desceu as escadas para tomar sua xícara de café matinal.

— Não fui só eu quem mudou, Dom. Você precisa colocar sua cabeça no lugar, antes que perca tudo. — *E eu preciso me focar*, Jake pensou.

E isso queria dizer que ver Lil estava fora de questão.

Dominic jogava sujo quando era necessário e, por isso, ele ameaçou:

— Não me obrigue a usar argumentos pesados.

— Você não faria isso — disse Jake, aborrecido. Ele pousou sua xícara de café, sem nem sequer beber um pouco.

— Farei sim, se você não me der outra opção.

Era assim que Dominic sempre ganhava, ele tinha uma longa história de ameaças. Não se tratava de ele as cumprir ou não, mas sim se era possível lidar com as consequências de recusar alguma coisa que ele estava querendo.

Quase sempre ficava mais fácil rodear a questão do que enfrentá-la.

Quando Lil estivesse instalada em sua nova e segura cobertura e o problema da entrevista fosse resolvido, Jake tentaria de novo chamar Dominic à razão.

— Certo, eu resolverei o caso da entrevista enquanto eu estiver lá. Duhamel pode tratar dos detalhes da mudança. Esta noite mesmo Lil já vai dormir na cobertura, mas não posso prometer mais nada a você. Não posso obrigá-la a ficar lá.

— Você sempre consegue convencer qualquer pessoa a fazer qualquer coisa.

Isso não é verdade. Faz mais de um mês que eu tento convencer você a colocar os pés no chão, sem sucesso, Jake pensou.

Dominic acrescentou:

— Oh, só mais uma coisa. Veja se estará de volta a Nova York na sexta-feira. Esse vai ser um final de semana muito importante para nós.

Sério?

Jake se encostou na bancada de sua cozinha.

— Dom, elas valem mesmo tudo isso? Essa família a que você está tão ligado agora? Você acha mesmo que ela vai ficar com você se no ano que vem você estiver trabalhando como motoboy?

— Acho! — Ele respondeu em um tom que surpreendeu Jake. — Sim, acho.

— Eu espero que você esteja certo, Dom, porque eu não tenho certeza de que nós conseguiremos resolver esse problema a tempo.

— Não se preocupe, Jake. Eu tenho um plano.

Não era a primeira vez que Jake ouvia o amigo dizer aquilo. Naquele momento, ele esperava que fosse mesmo verdade.

— Eu estarei de volta na quarta-feira, e então nós conversaremos sobre essas pessoas que você está dizendo que vão nos ajudar. Eu preciso me preparar antes de encontrá-los — disse Jake.

Dominic respondeu:

— Não se preocupe, você os conhece.

— Conheço? — Jake estava certo de não ter deixado ninguém que pudesse ajudá-los fora de sua lista de contatos.

— Sim, conhece. Me ligue se você precisar de alguma ajuda lá em Boston — disse Dominic.

E você faz o quê?, Jake protestou em pensamento.

— Não vou precisar — ele disse em voz alta.

— Oh, e faça tudo para parecer que foi ideia sua ir até lá.

Esse pedido sequer merecia uma resposta. Jake balançou a cabeça e desligou.

Como o poderoso Dominic havia caído!

Jake colocou algumas roupas em uma pequena mala de viagem e mandou preparar seu luxuoso helicóptero. Ele tinha escolhido aquele prédio de apartamentos para morar em Nova York porque tinha um heliporto no topo. Ele chegaria bem mais rápido a Boston se fosse de avião, mas gostava de aproveitar as facilidades de pouso que o helicóptero oferecia. Nele podiam viajar seis pessoas com o conforto de uma limousine, indo de um edifício para outro sem passar pelo estresse do trânsito. O helicóptero de Jake também tinha isolamento de som e seu valor compraria vários jatinhos privados, mas ele era um dos raros luxos aos quais ele se permitia.

Quando chegasse a Boston, alugaria um carro e dirigiria ele mesmo. Preferia menos status porque achava a presença constante de outras pessoas, sobretudo aquelas que sempre estavam querendo antecipar seus desejos, algo bem cansativa. Por isso, apenas tinha empregados em casa nas segundas e quintas-feiras, no horário em que estava trabalhando. Eles limpavam sua casa, enchiam as prateleiras e preparavam algumas refeições que ele depois aquecia no micro-ondas, quando não estava disposto a jantar fora. Aliás, ele só lembrava que tinha empregados porque sua casa sempre tinha tudo de que precisava.

Agradável e simples.

Exatamente da maneira que ele gostava que fossem as coisas em sua vida.

Lil espiou pela janela puxando um pouco a cortina, só um pouquinho, e suspirou. Logo após a chamada da entrevista começar a passar na TV, vários jornalistas haviam se instalado na porta de sua casa, no subúrbio de Boston. Ela olhou sua bebê, que continuava deitada de costas sobre um cobertor, no chão, dando pontapés nos brinquedos pendurados em um arco.

— Colby, o que eu vou fazer?

A única hipótese de a emissora ter uma entrevista com ela era a mulher que telefonara no dia anterior ter mentido. Ela dissera a Lil que era a nova secretária pessoal de sua irmã; e a possibilidade de ter mentido era inaceitável porque isso significava que sua sessão inteira de treinamento sobre como responder a perguntas da mídia tinha sido gravada. Isso também significava que um monte de informações que ela jamais compartilharia com alguém, se não fosse o tom jovial da falsa entrevista, estava prestes a vazar para o público.

Aquilo não podia estar acontecendo. Não hoje.

Lil havia terminado os trabalhos que estavam faltando para terminar a faculdade, e naquela semana precisava estudar para as provas finais. Só mais um pouquinho e finalmente teria seu diploma de Assistente Administrativa. Não era o trabalho dos sonhos, mas lhe daria um rendimento estável.

Isso se eu não reprovar. Ou se não virar uma desempregada crônica por causa de histórias como esta, pensou Lil. Ela enviara seu currículo para várias empresas, e já tinha recebido algumas ligações. O vexame da entrevista acabaria com suas chances? Bom, com certeza não iria aumentá-las.

Seu celular mostrava três chamadas não atendidas de Abby.

Colby rolou no cobertor, sentou-se e balbuciou para ela.

— Você está certa, Colby. Mamãe é orgulhosa demais para pedir ajuda. Tia Abby resolveria isso, da mesma maneira que sempre resolveu tudo, e o pior é que nem sequer ficaria brava comigo. Ela sempre espera que eu faça bobagens como essa. Droga! Por que não? Eu sempre faço besteira.

Chupando a mãozinha, a filha de Lil a olhou com o ar preocupado de uma criança que apenas sabe que sua mãe está infeliz, mas não percebe o porquê.

Lil continuou a falar como se Colby pudesse entendê-la:

— Como eu pude fazer uma coisa dessas?

A partir do momento em que recebeu a notícia de que estava carregando uma nova vida dentro de seu corpo, alguma coisa mudou. Um final de semana incrivelmente doloroso de autorreflexão fez nascer algumas resoluções difíceis. Ela não podia continuar aceitando o apoio de Abby, que sempre a salvava das consequências de seus atos, arrumando a bagunça que ela deixava no caminho. Ela estava decidida a parar de se lamentar por aquilo que sua vida poderia ter sido. Estava na hora de crescer.

Apesar de sempre ter se mantido fiel a seus princípios e de sempre fazer aquilo que julgava certo, onde isso a tinha levado?

Uma longa lista de empregos sem propósito.

Um futuro tão sombrio quanto sua conta bancária.

Não era realmente o tipo de vida que se quer dar a um filho.

Então, Lil se matriculou na universidade e resolveu parar de falar compulsivamente, pelo menos no que dizia respeito a seus patrões. Pena ela não ter guardado seus pensamentos para si quando Abby pediu sua opinião sobre Dominic. Claro, naquela época ela não podia imaginar que sua irmã o amava desesperadamente, ou o quanto aquele relacionamento teria influência sobre sua própria vida. O cara parecia ter boas intenções e, apesar de suas ofertas de ajuda financeira serem bastante tentadoras, qualquer proximidade com ele seria como colocar ainda mais lenha na fogueira: ele não tinha limites e não entendia que poderia destruir tudo o que os outros haviam construído.

Se Abby era superprotetora, Dominic era completamente sufocante.

No início, ele não havia aceitado que ela dissesse que a única coisa que esperava dos dois é que lhe dessem a liberdade de tocar sua vida. Depois de alguns bate-bocas as coisas pareciam ter se acalmado, e Lil começara a sentir que Abby e Dominic finalmente a entendiam.

Eu só estava querendo algum tempo para provar para mim mesma que não sou um completo desastre. E estava indo bem... Até hoje de manhã.

Lil suspirou.

As mães não apareciam nos noticiários dizendo coisas embaraçosas.

As mães deviam ser firmes e responsáveis.

Pelo menos, esse era o tipo de mãe que Lil lembrava de ter tido quando ela era mais nova, e era o tipo que Abby havia se tornado para ela depois que os pais delas morreram em um acidente de carro, quando Lil tinha 13 anos.

Abby jamais teria falado com aquela mulher sem antes ter checado várias vezes se o que ela estava dizendo era verdade. Ela não teria deixado que seu ego ferido levasse a melhor e se permitisse aqueles comentários sobre Jake. Definitivamente, Abby não estaria se escondendo em casa esperando que, como por mágica, tudo aquilo desaparecesse.

Quando não se tratava de Dominic, Abby era impulsiva como o pôr do sol.

E eu sou confiável como o homem da meteorologia. Pobre Colby, você escolheu o útero errado.

Em vez de a animar, essa reflexão encheu de lágrimas os olhos de Lil. *Não precisa continuar sendo assim. Uma pessoa pode mudar se quiser.*

— Eu vou ser uma boa mãe para você, Colby. Eu prometo. Você vai poder se orgulhar de mim. — É difícil se sentir mal com a gente mesma quando nossa filha está levantando duas mãos cheias de baba, pedindo colo. Lil segurou sua bebê bem encostada em seu pescoço e balançou a cabeça tristemente. — Logo depois que essa última confusão passar.

Em um momento de necessidade, ela alcançou o impossível.

Como eu queria que a senhora estivesse aqui, mamãe. Não sei se sou capaz de fazer isso sem a sua ajuda. E se eu não conseguir ser a pessoa que estou tentando ser? E se Colby pagar o preço de eu não conseguir resolver meus rolos sozinha?

Não houve um frio invadindo a sala, nem aparição ou se ouviu voz do além mas, por um momento, Lil sentiu que sua mãe estava ali, junto dela, e então uma lágrima caiu por seu rosto. Sua pequena filha a limpou e soltou um gritinho.

A senhora está certa, mamãe. Vai ficar tudo bem porque eu vou fazer com que fique tudo bem. Eu sou uma mulher forte e independente, não preciso que ninguém resolva meus problemas para mim.

A emissora lhe havia passado um trote para conseguir a entrevista, e isso só podia ser ilegal. Ela estava precisando de um advogado. Um de seus colegas de escola acabava de se formar; talvez ele pudesse escrever alguma coisa para impedir a transmissão da entrevista.

Com Colby encaixada em seu quadril, Lil ligou para uma mulher que ela amava como se fosse da família.

— Senhora Lawson, o Aaron está em casa?

— Lil! Eu ia ligar para você, mas imaginei que seu telefone estivesse sempre ocupado. Você está bem? Eu estou sabendo das notícias.

Ela sentiu que precisava se explicar:

— Eu não dei aquela entrevista. Bom, dei, mas eu não sabia que era uma entrevista. Uma mulher me ligou dizendo que era a nova secretária pessoal de Abby, e eu acreditei. Ela me disse que Abby tinha pedido para ela me preparar para as perguntas que a mídia poderia me fazer.

— Oh, querida! Eu imaginei que era alguma coisa assim. Você deve estar se sentindo destroçada. O que Abby disse sobre o assunto?

— Para dizer a verdade, eu ainda não falei com ela sobre isso. —Lil havia tentado, de algum modo sem sucesso, evitar Abby desde a noite na ilha, quando ela havia feito papel de tonta, confundindo o pequeno flerte de Jake com algo mais sério. Ela não queria voltar a vê-lo. E também não queria falar sobre essa humilhante noite com Abby, tal como não queria conversar com a irmã sobre sua última bola fora.

A senhora Lawson ficou chocada com o que havia acontecido com Lil, mas disse simplesmente:

— Bom, Aaron está em casa, mas ele ainda está dormindo. Do que você precisa?

Lil mordeu o lábio inferior antes de responder:

— A senhora acha que ele pode escrever uma carta ameaçando processar o canal se eles insistirem em passar a entrevista? Se eu conseguir levar esse documento ainda de manhã espero que eles desistam de tudo isso.

— Claro que sim! Eu vou acordá-lo. Isso vai ser bom para ele. Ele vem se candidatando a vários empregos desde que se formou, mas, você o conhece... Ele não quer mudar de cidade. Eu amo meu filho, mas ele se preocupa demais comigo. Isso não é saudável, ele está ficando deprimido. Se não encontrar logo alguma coisa para fazer, ele vai precisar voltar a cortar grama para poder quitar o empréstimo que pediu para pagar a universidade. Talvez, com essa carta, alguém repare nele e o chame para algum trabalho por aqui mesmo.

— Espero que isso aconteça, sim! Obrigada. Por favor, diga para ele que eu estarei aí em meia hora. Eu só preciso me arrumar e pegar as coisas da Colby.

Lil começou mentalmente a rever as roupas que estavam em seu armário. Felizmente, ela tinha comprado uma saia e um paletó azul-escuros e uma camisa de seda para usar nas entrevistas de trabalho. Afinal, o azul não era a cor das pessoas que queriam ser levadas a sério?

Espero que esta seja a cor que significa: "Estou falando sério, eu vou processar vocês", pensou ela.

A senhora Lawson disse:

— Lamento que você esteja passando por isso, Lil, mas vai ser bom ver você. Almoça com a gente, como nos velhos tempos?

— Não vou poder ficar. Preciso ir logo até a emissora para tentar impedir que passem a entrevista.

— Eu faço uma marmita para você levar.

— Por favor, não quero que a senhora tenha esse trabalho.

Mas a senhora Lawson insistiu:

— Trabalho nenhum, Lil. O Aaron não teria conseguido entrar na universidade sem a sua ajuda. Se você não me fizer feliz casando com ele, pelo menos me deixe alimentá-la.

— A senhora sabe que eu e ele somos apenas bons amigos.

Ela concordou:

— Eu sei, mas uma mãe sempre pode sonhar.

Não, não pode, Lil gostaria de dizer. *As mães precisam colocar seus sonhos de lado e começar a tomar decisões responsáveis*.

A senhora Lawson conhecia Lil bem demais para sentir a angústia dela. Ela disse:

— Vai correr tudo bem, Lil. Se arrume e apareça um pouco mais cedo. Você tem um longo dia pela frente.

Lil concordou, desligou o telefone e entrou em seu quarto, levando Colby com ela. Prendeu o cabelo em um coque, na tentativa de parecer mais séria. A confiança dela aumentou quando vestiu suas roupas de trabalho.

Se um estranho a estivesse olhando agora, o que diria? Certamente que ela estava vestida para o trabalho que ela desejava, e não para o trabalho que ela tinha no momento. No caso, ela estava vestida para a pessoa que queria ser. Se os sapatos apertavam e a saia travava seu passo, eram apenas detalhes que ela estava disposta a aprender a amar.

Lil apanhou as coisas de Colby.

Mamadeiras. Certo. Fraldas e lencinhos umedecidos. Certo. Brinquedo. Certo. Um grande dia. Ela colocou a sacola com as coisas de sua filha no ombro e sentou Colby em seu carrinho. *Essa é uma maneira de descrever a situação. Agora, eu só preciso passar por aqueles repórteres, pegar a carta e convencer o diretor da TV de que a entrevista não pode ir ao ar, e que ser criticado por isso é melhor do que suportar os processos que Aaron vai apresentar contra eles. Completamente possível de se fazer. Desde que esse dia não me traga mais surpresas.*

DOIS

Chegar ao carro foi bem mais complicado do que Lil havia imaginado. Com uma de suas mãos protegendo o rosto de Colby dos flashes, ela correu por entre os jornalistas, recusando-se a responder às perguntas que eles gritavam a ela.

— Quanto eles pagaram a você por essa entrevista, Lil?

— Qual é sua grande revelação?

— Você está fazendo isso porque está com ciúmes da publicidade recente sobre sua irmã?

Depois de colocar Colby em segurança no banco de trás, Lil deslizou apressadamente para o banco do motorista de seu pequeno Ford Focus vermelho e suspirou aliviada. Infelizmente, não poderia ir a lugar algum com todos aqueles repórteres bloqueando seu caminho. Considerou voltar atrás e encarrá-los. Isso era o que ela teria feito pouco tempos atrás, sequer parando para pensar nas consequências de seu ato. Mas a nova pessoa que era agora tentava encontrar uma maneira para eles terem ainda mais uma razão para falarem sobre ela nas notícias dessa noite.

Seu celular tocou.

Jake.

Ótimo. Ele é a última pessoa com quem estou querendo falar nesse momento.

Lil não atendeu e ele, simplesmente, voltou a ligar.

Ela pegou o celular, impaciente:

— O que você quer, Jake? Eu estou superocupada. — Ela havia desistido de impressioná-lo.

— Onde você está indo?

Lil sentiu os cabelos de sua nuca se eriçarem.

— Como você sabe que eu estou indo a algum lugar?

— Eu estou estacionado do outro lado da rua.

Ela olhou rapidamente, confirmando o que ele lhe havia dito.

— Merda! — Olhou sua filha através do espelho retrovisor. — Não se preocupe, Colby, depois de hoje mamãe vai deixar de falar palavrão. Esqueça tudo isso.

— Você está falando comigo? — Jake perguntou.

— Não — Lil balançou a cabeça. — Desculpe, eu estava... — Lil parou de falar para não parecer ainda mais louca do que já estava se sentindo. — O que você está fazendo aqui, Jake?

— Estava querendo ver você.

Se ao menos isso fosse verdade.

— Você está querendo dizer que foi Dominic que mandou você vir para cá.

— Isso interessa?

Devia, mas a verdade é que não. Nunca poderia haver nada entre eles, ele havia falado isso a si mesmo. Essas palavras ainda doíam, mesmo depois de todas aquelas semanas.

— Nem um pouco.

— Por que você deu a entrevista, Lil?

— Eu não... — Mais uma vez, ela se obrigou a parar. Ela não lhe devia explicação alguma. — Você pode falar para Dominic que eu tenho a situação sob controle. A entrevista não irá ao ar.

— Você mudou de ideia?

— Pense o que você quiser, Jake, mas faça isso em Nova York. Eu tenho um dia muito cheio.

Jake desligou.

Lil o viu saindo de seu BMW prata, tão imaculadamente arrumado como da última vez. Ele era bem mais alto do que os repórteres, mas Lil teve a certeza de que não foi isso que fez com que todos dessem um passo atrás quando ele se aproximou. Jake vestia riqueza e poder da mesma maneira que outras pessoas vestem um casaco velho, com uma indiferença confortável. Nem por um momento ele duvidava de que os outros deviam respeitá-lo, e não ficava surpreendido quando isso acontecia.

Tudo o que ele falou para os jornalistas foi acompanhado por um sorriso suave. E essa combinação deu certo, pois eles responderam recolhendo suas câmeras e mudando-se para o outro lado da rua, aparentemente sem protestar.

Ninguém deveria ser tão bonito e tão poderoso quanto ele.

A vida devia dar-nos apenas uma dessas coisas.

Ter as duas era completamente injusto.

Ela lutou contra o impulso de sair dali correndo enquanto ele estava ocupado com os repórteres.

Ele caminhou na direção do carro dela, e Lil precisou segurar a respiração. *Não é de se espantar que eu tenha me atirado para cima dele. Olha só... Droga!*

Ela quase tinha conseguido se convencer de que havia exagerado a beleza dele em suas recordações. Não, estava bem ali na sua frente — o clássico queixo quadrado, os cabelos castanhos perfeitamente penteados, roupas habilmente confeccionadas para acentuarem seus músculos e os olhos castanho-dourados que provocavam arrepios de excitação na sua espinha à medida que iam ficando cada vez mais próximos.

Uma mulher pode ser culpada por acreditar que um raio pode cair duas vezes em uma mesma família? A irmã dela havia tido a sorte de ter seu próprio conto de fadas com final feliz, por que o universo não poderia mandar um também para Lil?

Olhando para trás, essa possibilidade não tinha precedentes.

Até mesmo os irmãos Grimm sabiam disso: apenas um Príncipe Encantado por cidadezinha.

Isso fazia de Jake o lobo?

Ele estava mais para narrador chato que pinta no pedaço para lembrar você de que seus sonhos não são reais.

Jake abriu a porta do carro e sentou no lugar do passageiro. A água de colônia dele era provocante e tentadora.

Ok, um narrador chato mas superssexy.

Ela colocou as mãos sobre o volante e focou os olhos no painel do carro.

Homens lindos que não querem ficar com você não deveriam ser tão difíceis de evitar.

Para preencher o silêncio, Lil disse:

— Obrigada por ter falado com os jornalistas, seja lá o que for que você disse a eles. Agora, preciso mesmo ir. Estou atrasada.

— Para? — O estalido do cinto de segurança dele sendo apertado ecoou no pequeno carro.

— Se você quer mesmo saber, estou indo encontrar meu advogado. Ele está escrevendo uma ordem de interdição da entrevista que, em seguida, irei entregar para o diretor da televisão, e felizmente toda essa confusão ficará resolvida.

— Isso quer dizer que você não vendeu a história?

— Não, não vendi.

— Eu vou com você.

É claro que vai, Lil pensou, mas apenas disse:

— Acho que você não vai acreditar se eu disser que sou capaz de resolver isso sozinha, não é?

Os belos olhos dele a fixaram maliciosamente.

Lil desviou o olhar.

— Lil — ele ordenou suavemente, precisando apenas usar o nome dela. Lil o encarou relutantemente. — Você não precisa se sentir incomodada quando eu estou por perto. Eu gostaria de ter aceitado sua oferta na outra noite, mas isso só iria complicar ainda mais uma situação que já estava bem complicada.

Que diabo isso significa?

— Eu não *ofereci* nada para você — ela negou com veemência.

— Aí, você tem menos uma razão para se sentir incomodada quando eu estou por perto.

— Eu não… — Ela sentiu o calor lhe invadir a garganta. Por que negar uma coisa que era evidentemente verdade? — Podemos deixar aquela noite lá atrás, no passado? O que interessa é o agora. Eu não preciso de sua ajuda. E gostaria que você saísse do meu carro.

— Você sabe que eu não vou embora enquanto tudo isso não estiver resolvido.

O coração dela começou a bater mais rápido. Não havia nada naquela situação que precisasse ser resolvido. Ela havia permitido que as emoções do fim de semana tomassem conta de seu bom senso. Um homem como Jake poderia escolher as mulheres que quisesse; ele não precisava complicar a vida com uma jovem mãe. E ele já havia falado isso, muito claramente, quando explicou que jamais poderia rolar alguma coisa entre eles.

Lil continuava se sentindo constrangida e lembrou-se de outra coisa ainda mais dolorosa.

Ele não estava se referindo àquela situação.

Era sobre a entrevista... Nada mais.

Ela o atacou:

— Você sempre faz tudo o que Dominic manda você fazer?

O desgraçado sequer piscou, apenas inclinou ligeiramente a cabeça e falou:

— Quando me convém. E agora eu estou querendo saber o que você disse exatamente naquela entrevista.

Não está querendo, não.

Lil ligou o motor e deu a partida pela segunda vez.

— Não interessa o que eu falei, porque a entrevista nunca irá ao ar.

— Finalmente, concordamos em alguma coisa.

A imperturbável calma dele fez Lil sentir uma furiosa onda de adrenalina percorrer todo o seu corpo. Ela saiu da calçada com força e ouviu o barulho da lata de lixo debaixo dos pneus traseiros. Precisou andar um pouco para a frente, dar marcha a ré e seguir em frente novamente para tirá-la de lá.

Olhou rapidamente para Jake, o desafiando a dizer alguma coisa.

Sensatamente, ele não falou nada.

Outro homem precisaria dirigir, mas esse não era o caso de Jake. Muito raramente a personagem principal de uma situação é a que detém o controle. Querendo aparecer, a maioria das pessoas limita seu potencial. Poucas tomavam tempo para analisar e tirar proveito das muitas possibilidades que surgem com uma decisão.

Como decidir dirigir.

Se ele tivesse exigido dirigir, não poderia estudar o perfil de Lil.

E então teria perdido a curva do seio dela, revelada pelo cinto de segurança, que havia puxado a um lado o casaco e empurrado o tecido da blusa de maneira bem tentadora. Ela era realmente fantástica.

Pena ela não ser a mulher certa para ele. Ele preferia uma mulher sofisticada; que entendesse que um relacionamento funciona bem melhor quando os extremos emocionais são evitados. Uma conversa prazeirosa e previsível com alguém que soubesse estar com diplomatas e também fosse boa de cama era o bastante para manter Jake feliz.

Então, por que ele não estava sendo capaz de desviar seu olhar dos seios dela enquanto ficava imaginando como seria deslizar a mão por baixo de sua saia e pedir que fosse para alguma rua deserta onde pudesse tocá-la, saboreá-la, gozá-la?

Definitivamente, sua mente e seu corpo sempre estavam em desacordo quando o tema era Lil.

Colby fez barulho no banco traseiro, trazendo Jake de volta ao mundo real. Era impossível transar quando havia uma criança presente, e essa era outra razão para que sua atração por Lil não fizesse o menor sentido.

Ele jamais se envolveria com uma mulher que tivesse filhos.

Não que ele e Lil tivessem se envolvido.

Droga! Eu devia ter seguido meus instintos e ficado em Nova York.

Ele se mexeu desconfortavelmente e virou para olhar pela janela.

Fique frio, Jake, disse para si mesmo.

Se tudo corresse como planejado, e sempre era isso que acontecia, de noite Lil já estaria escondida em sua nova cobertura de Boston, a entrevista não passaria de um incidente rapidamente esquecido e ele estaria de volta a Nova York.

Ele não estava com disposição para ficar por ali até conseguir convencer Lil a viajar para Nova York para passar o fim de semana. Se Dominic queria tanto assim que ela fosse, ele mesmo teria de ir buscá-la.

— Sua camisa está aberta — ele falou com a voz rouca, sem tirar os olhos do trânsito, através da janela.

— Oh, meu Deus, está mesmo! — Ela respondeu, deixando o carro se descontrolar um pouco para abotoar a camisa.

Ele se pegou sorrindo, no reflexo da janela, e depois fez uma careta. Só porque ele a achava divertida, não fiquem já pensando outras coisas.

Mas ele não estava ali para se divertir. Aquilo era trabalho.

Bom, não exatamente trabalho, mas tinha a ver com isso.

— Desculpe... — Ela começou a falar e depois parou abruptamente. Quando recomeçou, seu tom de voz mostrava que havia pensado alguma coisa bem divertida. — Isso chateou você?

Ele se virou para olhar para ela.

— Não — respondeu. — Não — repetiu. E então, por que ele tinha um domínio da expressão oral que já antes havia impressionado muitos políticos, acrescentou — Não — uma última vez.

Ela tentou, mas não conseguiu esconder a risada.

— Tudo bem — ela falou, maliciosa, e deu um tapinha na perna dele, fingindo estar lhe dando apoio, mas estava apenas o imitando. — Não precisa se sentir incomodado quando eu estou por perto.

O corpo de Jake reagiu ao desafio que ela estava lhe lançando, apesar de sua mente continuar lutando para assumir o controle. Ele resmungou:

— Você não deveria, simplesmente, andar por aí com sua blusa aberta.

— Então, você estava me fazendo um favor, é?

— Sim, a menos que você estivesse planejando compensar seu advogado com isso.

Ela tirou a mão da perna dele e murmurou qualquer coisa que, sob sua respiração, pareceu suspeitamente com algo como "estúpido".

Jake se voltou para olhar de novo pela janela e, felizmente, fez isso antes que seu rosto revelasse o quanto ele desejava beijar aquele insulto nos doces lábios dela.

TRÊS

— Eu pensei que estávamos indo encontrar seu advogado — Jake falou quando Lil parou o carro na frente da casa de Lawson, em um bairro típico de classe média, com gramados bem cuidados e pessoas andando de bicicleta pelas calçadas.

— E estamos — ela simplesmente respondeu, abrindo a porta do carro em vez de dar mais explicações. Seu amigo não tinha um escritório chique no centro da cidade, mas ele era brilhante e ela confiava nele.

— Ele mora aqui? — Jake perguntou, observando a rede que pendia da varanda e os vasos de flores que ladeavam as escadas.

— Sim — disse Lil, ríspida, batendo a porta do carro depois de pegar Colby e a sacola de fraldas. Ela se virou e olhou para ele — Se você tiver algum comentário inteligente para fazer, faça agora. Essas pessoas são como uma família para mim.

Ele ficou surpreso.

— Eu jamais faria isso.

Provavelmente ele estava certo.

Um homem como ele tinha maneiras educadas.

Ele não precisava fazer os outros se sentirem inferiores; ele simplesmente tinha nascido com muito..., bom, ele tinha nascido com tudo.

— Tente apenas não parecer tão pomposo.

Ele levantou uma sobrancelha.

Antes de começar a caminhar em direção à casa, Lil acrescentou:

— O Aaron não é que nem você. Ele é... — ela hesitou.

— Fale, por favor; estou morrendo de vontade de saber o que ele é, e eu não.

— Sensível.

Aaron se arrepiaria se a ouvisse descrevê-lo daquela maneira, e talvez o passar dos anos o tivesse endurecido, mas, para Lil, o amigo seria para sempre aquele menino da primeira série que ficava com o orgulho ferido por ser o último a ser escolhido para o time de futebol. Aquele menino que estava lá para apoiá-la quando ela esmurrou o nariz de um colega que ousou tirar uma onda porque ele não tinha afinidade com os esportes. E como Aaron tentou amenizar a situação dela, apesar de Lil não ter mostrado arrependimento, quando foi chamada pelo diretor da escola. Ela sempre achou que os agressores mereciam tomar a lição que mereciam — perpetuando o que Abby chamava de "incapacidade de respeitar a autoridade".

Ela a respeitava, sim; mas achava que autoridades não eram infalíveis.

Por vezes, solicitar a ajuda de um superior só colocava o "abuso" em um lugar mais privado. Algumas coisas se resolviam melhor quando eram encaradas de frente e por nós mesmos. Essa filosofia lhe havia custado vários castigos, e a perda de alguns empregos.

Também por isso Lil ficou conhecida na escola como “mascote do time dos bobalhões”. Ela nunca entendeu por que ser bom aluno era sinônimo de suicídio social em um lugar onde a educação deveria ser o objeto mais valorizado. Jovens que, anos depois, gerenciariam suas próprias empresas precisavam se esconder nos banheiros para não serem vítimas nas mãos dos que apenas se importavam com boa aparência e bíceps enormes.

Sempre era assim, como no episódio em que ela caiu em cima de um jogador de hóquei quando ele fez piada sobre o time de matemática ter vencido um concurso regional. Ela até podia ter ficado quieta, mas o espertinho jogou um guardanapo molhado na cabeça de um dos meninos do time, quando ele estava passando perto da mesa no refeitório da escola.

Quando Lil pediu para que ele parasse, o jogador perguntou se ela andava dormindo com aquele “florzinha”.

E ela simplesmente lhe deu um tapa na cara.

A cabeça dele foi para trás, e ele rosnou:

— Você está com sorte porque é menina.

Ela o provocou:

— Você também!

Muito azar o dela! Dois professores assistiram à briga e a única coisa à qual deram importância foi o fato de ela ter “batido” no outro aluno. A verdadeira história também não impressionou nem o diretor, nem Abby.

No entanto, foi isso que inspirou o seu apelido.

Depois de Lil ter sobrevivido a essa briga com um verdadeiro *Neanderthal*, ela e seus amigos ganharam uma mesa exclusiva na cantina da escola. E mantiveram esse privilégio.

Abby lembrava esses tempos como os anos mais difíceis de sua irmã.

Lil os considerava como um campo de batalha do qual saíra vitoriosa, e quando fizera amizades que duravam até hoje. Com a idade, ela havia aprendido a usar mais a inteligência e menos as mãos, mas jamais havia aprendido a guardar para si mesma suas opiniões, algo que sempre lhe causava problemas. Não foi aceita em nenhuma das escolas de Artes nas quais gostaria de estudar. Suas nobres intenções não conseguiram apagar o fato de ter sido suspensa várias vezes quando estava no colégio. Poderia ter escolhido outra universidade, mas era demasiado orgulhosa.

O orgulho também tinha seus custos. Ele a havia deixado em um limbo frustrante — *não alcançava seus sonhos e também não arranjava sonhos novos. Uma situação com a qual havia se conformado enquanto esteve sozinha, mas agora havia Colby, e sua filha merecia algo melhor. Felizmente, a faculdade de Administração que ela estava quase terminando tinha decidido lhe dar uma oportunidade de provar que tinha mudado.*

— Não tenho intenção de ofender seu amigo — as palavras de Jake trouxeram Lil de volta à realidade. Para falar a verdade, Jake não havia dito ou feito alguma coisa que sugerisse fazer isso.

Os velhos hábitos protetores custam para desaparecer.

— Ótimo, porque ele é superinteligente e vai ser um advogado fantástico quando tiver uma oportunidade para mostrar seu trabalho. A mãe dele acha que meu caso vai ajudá-lo a conseguir isso.

— Ele mora com...

Lil se enfureceu e retrucou:

— Escute, ele não precisa disso. Nem todo mundo nasceu rico feito você. Ele precisou trabalhar para poder fazer faculdade, e ajudou a mãe a pagar essa casa depois que o pai dele morreu, faz muitos anos. Lhe ofereceram empregos que ele simplesmente não aceitou porque acha que a mãe não consegue viver sozinha. Ele não precisa se envergonhar de nada, entendeu?

Jake inclinou a cabeça, concordando com ela.

A porta da frente se abriu, e Sra. Lawson apareceu na varanda. Ela tirou o avental e se aproximou para dar um abraço em Lil.

— Lil! — E lhe tirou Colby dos braços enquanto perguntava — *Dá licença?*

Lil sorriu.

— Foi por isso que eu a trouxe. Eu sabia que a senhora ia querer pegá-la no colo. — Felizmente, algumas coisas nunca mudavam. As roupas de Sra. Lawson continuavam iguais às das mães das telenovelas dos anos 1950. Seu cabelo cinza estava impecavelmente penteado em um coque e ela também havia se maquiado um pouco, apesar de, muito provavelmente, não precisar sair de casa naquele dia.

Ela encostou o seu rosto no de Colby, fez a criança rir com alguns barulhinhos bobos e disse:

— Como ela é linda, Lil! E como cresceu! — Então, sem largar a bebê, se voltou para Jake e estendeu a mão, cumprimentando-o. Jake apertou a mão dela e Sra. Lawson falou:

— Olá, lindo, meu nome é Ester. — Depois, sorriu para Lil. — É por causa dele que você não quer casar com meu filho? Não posso condenar você.

— Sra. Lawson!

— Qual é? — Piscou para Jake e falou — Tenho 67 anos, não estou morta.

Jake sorriu para ela como jamais o havia feito para Lil:

— Eu diria que a senhora não tem mais de 40.

— Se eu tivesse 40, Lil seria boba em nos apresentar. Homens como você não andam por aí dando sopa.

Lil suspirou.

A última coisa que o ego de Jake precisava era de encorajamento.

Sra. Lawson disse:

— Estou brincando. Você deveria poder ver sua expressão, Lil. Por que está tão séria? Vamos entrar! Aaron está imprimindo o documento para você, lá em cima, no quarto dele. Subam enquanto eu mostro nosso aquário para Colby.

Lil foi indicando o caminho, e cada degrau ia lhe trazendo memórias, porque praticamente havia crescido naquela casa. Sra. Lawson era grata a Lil por ter ajudado Aaron nos tempos de escola, e a recíproca era verdadeira. Aquela casa havia sido seu porto seguro quando suas brigas com Abby se tornavam mais feias.

Abby jamais havia feito algo de imperdoável. Pior: era o fato de ela sempre fazer tudo da maneira perfeitamente correta que colocava irmã contra irmã. Nunca as pessoas conseguiam atingir suas expectativas. Pelo menos, Lil não conseguia. E quando Lil cansava de tentar fazer as coisas certas, as fazia propositalmente da pior maneira possível. Só para irritar a irmã, nada demais, apenas uma atitude ou uma amizade que sabia que Abby jamais aprovaria.

Até que pintou o Bestalhão.

Abby a avisara de que ele era um enorme erro desde a primeira vez que o conheceu, mas Lil não quis ouvir. Achou que estava apaixonada, mas agora reconhecia o quão, na época, sabia pouco sobre o amor.

Dirk era só sexo, sem recheio nenhum. Ele a queria em sua cama, e para isso até falou a palavra mágica de quatro letras que Lil tanto deseja escutar. E a repetiu muitas, muitas vezes. Ele a falou todas as vezes necessárias para que Lil voltasse para ele.

Ele só não disse que a amava na noite em que Lil contou para ele que estava grávida.

Não, nessa noite ele quase não falou nada. Por isso o orgulho e a raiva dela levaram a dizer que ele podia ir embora, se quisesse, e ele aproveitara a oportunidade sem nem sequer olhar para trás.

Jake até que lhe fazia um enorme favor não se sentindo atraído por ela. Um homem era a última coisa de que ela estava precisando naquele momento. Ela precisava terminar a faculdade, encontrar um trabalho e se concentrar em ser uma boa mãe.

Ele não era um canalha. Até porque, quando ela precisou de sua ajuda para encontrar Abby, ele foi em seu socorro sem hesitar. Na verdade, a única coisa que ela tinha contra ele era o fato de sempre lhe dar vontade de tirar a roupa. E ele havia deixado bem claro que não queria qualquer relacionamento com ela.

Ele até havia lhe pedido para usar decotes menos reveladores.

Quem faz esse tipo de coisa?

Jamais um homem que está interessado em nós.

Lil bateu na porta do quarto de Aaron.

Eu não sou pomposo, pensou Jake enquanto esperava do lado de fora do quarto que tinha um cartaz dizendo: *A força é forte comigo.*

Um homem jovem, um pouco mais alto do que Lil, vestindo calça cinza de moletom e camiseta, abriu a porta. Seu cabelo loiro estava todo bagunçado, o que significava que a visita de Lil não o fazia ter o trabalho de se olhar no espelho.

Jake olhou para a sua própria roupa, um terno preto, impecável e feito sob medida, e se sentiu um tanto bem vestido demais. Mas a verdade é que ele estava preparado para passar o dia intimidando um diretor de uma televisão local, e não para um encontro com alguém que, provavelmente, tinha acabado de terminar a faculdade.

Me sinto como se tivesse um milhão de anos, ele pensou.

O jovem deu um sorriso para Lil, que logo desapareceu quando ele viu Jake.

— Você... Você veio com Sr. Walton, Lil?

— Você pode me chamar de Jake — ele disse, estendendo a mão para cumprimentá-lo.

Eu não sou pomposo, pensou de novo.

Aaron apertou energicamente a mão do outro homem e deu um passo atrás, como se estivesse pensando se seria sensato convidá-los a entrar em seu quarto.

— Prazer, Sr. Walton. Fiz um trabalho de pesquisa para a faculdade sobre técnicas de negociação e questões éticas em relação aos consumidores. Seu sucesso na Moldávia foi uma verdadeira inspiração. — Respirou para dentro das mãos fechadas, como se estivesse cheirando sua própria respiração.

— Eu não costumo ficar o dia todo de pijama, mas estava... Estava...

Evidentemente, aquele rapaz não sabia mentir. Jake se lembrou de quando também era assim.

— Lil me disse que você escreveu uma ordem de embargo para a emissora de televisão.

— Sim, escrevi. — Aaron disse e, desajeitadamente, os convidou a entrar em seu quarto. — *Já a imprimi.* — No caminho até a impressora tropeçou em várias peças de roupa espalhadas pelo chão. — Desculpe a bagunça, eu não sabia que você também viria. Achei que era só a Lil.

— *Não tem problema* — Jake disse e olhou para Lil.

Ela estava observando atentamente a conversa entre os dois.

Jake teve vontade de falar: *Está vendo, você se preocupou sem razão.*

A rigidez dos ombros de Lil e seu queixo espetado mostravam que ela estava preparada para intervir para defender seu querido amigo. Estava na cara que a relação dos dois não envolvia sexo, mas Jake não saberia como classificá-la. Ela havia dito que considerava Aaron como de sua família. Mas a experiência de Jake lhe dizia que *amizade* entre homens e mulheres sempre era uma boa desculpa para outras coisas bem menos puras. O que ela ganhava com essa associação? Jake sentia que a resposta a essa pergunta o faria percorrer um longo caminho que o levaria a conhecer mais profundamente aquilo que Lil queria. E descobrir isso só interessava se o ajudasse a convencê-la a aceitar a proteção de Dominic. Quanto mais rápido ele fizesse isso, mais rápido poderia voltar a Nova York e descobrir quem eram as pessoas que o sócio havia encontrado e que tinham a solução que eles estavam buscando.

Jake se voltou a tempo de receber o papel das mãos trêmulas do advogado de Lil. Começou a ler rápido, mas logo abrandou o ritmo, percebendo a qualidade do documento que tinha perante seus olhos. O garoto era bom mesmo. A questão estava bem trabalhada e de maneira tão profissional como Jake esperaria de seus experientes advogados. Ele balançou a cabeça:

— Excelente! Você fez um bom trabalho.

O rosto de Aaron se iluminou com um largo sorriso.

— Obrigado. Eu me baseei no famoso caso da Sterling contra a Laudin Communications.

Lil olhou para Jake com seus olhos cor de âmbar:

— Suficientemente bom para você escrever uma carta de recomendação para ele?

O rosto de Aaron ficou corado:

— Lil! Sr. Walton não precisa fazer isso. Ele sequer me conhece.

Era evidente que Lil queria que Aaron tivesse muito sucesso. Jake não entendia por que, mas isso não o impediria de dar uma oportunidade para aquele jovem.

— Eu sempre estou buscando profissionais competentes e temos uma sucursal aqui em Boston. Me dê seu currículo e eu o entrego em nosso departamento jurídico. Depois, cabe a você impressioná-los.

— Nossa! — Ele se voltou para Lil e seu sorriso ficou ainda maior, como se isso fosse ainda possível. — Nossa! — E se preparava para abraçar o outro homem.

Jake estendeu a mão para o deter.

Aaron a apertou com entusiasmo. Depois, se voltou para Lil:

— Obrigado, Lil! Muito obrigado! — E a abraçou com força.

Jake sentiu vontade de acabar logo com aquilo, Aaron parecendo um cachorrinho abanando a cauda, mas não o fez. Lil aceitou o abraço e o prolongou por mais tempo do que Jake achou necessário, depois se afastou dizendo:

— Eu não fiz nada, Aaron. Você que fez!

Jake olhou o relógio e guardou o documento no bolso.

— Precisamos ir se quisermos manter nosso plano de chegar cedo na emissora.

Lil franziu as sobrancelhas, o que parecia ser algum sinal sobre o documento, mas apenas anunciou:

— Vou pegar Colby.

Saiu do quarto e, quando Jake se preparava para segui-la, Aaron o fez parar, o segurando por uma das mangas do paletó:

— Sr. Walton?

Jake olhou a mão do moço, esperando que ele a retirasse, mas ele não o fez. Aaron o encarou e disse:

— Todo mundo julga Lil mesmo antes de conhecê-la. Ela sempre fala o que pensa, e geralmente é bem mais impulsiva do que deveria, mas quando ela ama alguém... Ela faz tudo por essa pessoa, mesmo que isso comprometa suas chances de ser feliz.

— Por que você está dizendo isso?

— Porque eu vi como ela olha para você. Se ela se apaixonar por você, faça por merecer todo esse amor. O pai de Colby tirou vantagem dela. Ela não precisa se decepcionar outra vez.

O cachorrinho tinha dentes...

— Está me ameaçando? — Jake perguntou em um tom que teria feito desistir a maioria dos homens.

Aaron largou a manga do casaco, mas não se afastou:

— Estou.

— Isso é uma atitude ousada para com seu novo patrão.

O jovem ajeitou sua camiseta enrugada:

— Tem coisas na vida que valem o risco.

Jake concordou com a cabeça. Lealdade era algo que ele respeitava.

— Me mande seu currículo. Eu acho que você vai se dar bem em nosso escritório de Boston.

Aaron suspirou, mas não sorriu. Esperou apenas. Mais impressionante ainda.

Jake disse:

— Estou aqui apenas para me certificar de que Lil está em segurança. Não existe nada mais entre nós.

Um momento depois, Aaron se afastou e pareceu mais relaxado. E falou:

— Faça o que quiser, mas jamais lhe mande flores. Ela simplesmente odeia as ver murchar. Ela sempre diz que é tão sexy como receber um buquê de ratos mortos.

Jake fez uma careta perante tal imagem:

— Visão horrível!

Aaron explicou:

— Lil é assim mesmo. Ela gosta de imagens que provocam emoções fortes. Peça a ela para fazer um desenho para você. Ela jamais se dará bem em um escritório, o lugar dela é em um ateliê, dando vida a essas imagens. Ela jamais será feliz na carreira que escolheu. Se você se preocupa com ela, tente fazer com que Lil entenda isso.

Jake sentiu seu estômago pegando fogo, mas tentou disfarçar. Detestava ter Aaron lhe dando conselhos sobre a forma como ele deveria lidar com a moça. E detestaria que o outro percebesse seu desagrado.

Aquela viagem estava sendo uma perda de tempo e de emoções. Depois daquele desagradável assunto resolvido, não havia razão para Jake voltar a encontrar Lil... Apenas, talvez, em uma sala durante uma reunião social.

Da próxima vez que ela fizesse besteira, isso já não seria um problema dele.

Estranhamente, esse pensamento provocou uma nova careta.

QUATRO

Lil estacionou na frente do prédio da emissora. Tirou o cinto de segurança e se voltou para Jake.

— Me dê o papel — e estendeu a mão.

Jake tirou o papel do bolso e ficou girando-o em suas mãos, pensativo.

— Melhor você ficar no carro com Colby, eu mesmo vou lá dentro.

— Me dê o maldito papel — Lil disse, estendendo a mão para pegá-lo, mas Jake fez um movimento rápido para impedi-la.

— Eu não entendo você, Lil. Por que é tão importante para você fazer isso? Dominic ou eu mesmo poderíamos ter resolvido a questão com um simples telefonema de Nova York, mas você não atendeu as nossas ligações. Eu posso resolver isso agora mesmo, voltar para o carro em dez minutos e você nem precisa incomodar Colby.

— Faço questão de ser eu mesma a resolver isso.

— É óbvio que faz, mas continuo me fazendo a mesma pergunta. Por quê?

Lil fez um gesto na direção da bebê que estava no banco traseiro.

— Por causa dela. Se você quer mesmo saber por que eu estou fazendo isso, a resposta é essa. Ela. Minha filha merece a estabilidade e o amor com os quais eu mesma cresci.

— Então, por que você não deixa que Dominic a ajude?

Lil jogou uma mão no ar, sublinhando suas palavras.

— Você não entende, não é? Dominic é uma fantasia. E nem sequer é minha ... É uma fantasia de Abby. Tudo bem! Ela pode largar sua vida para ser feliz com um homem que daqui a um mês pode já nem estar aí para ela, mas eu não. — Lil colocou uma mão sobre a cadeirinha de sua filha. — Eu preciso pensar em Colby e no que é melhor para ela.

Jake não ia ficar ali discutindo a lealdade e a honestidade de Dominic, até porque ultimamente seu sócio estava perigosamente imprevisível. Não saberia dizer como seria dentro de um mês. Sua transformação era permanente ou apenas uma reação extrema e temporária causada pela morte do pai? Não havia como saber, e nada disso o ajudaria naquela situação.

— E arrastar sua filha para uma situação que ela jamais vai lembrar vai ajudá-la em quê?

— Vai me provar que sou capaz de resolver meus problemas sozinha. Não preciso do apoio do pai biológico dela, não preciso de Abby, e certamente não preciso de um bilionário de Nova York que só veio até aqui porque seu chefão mandou. Você está querendo me ajudar? Saia do meu caminho. Me deixe fazer isso.

Como Jake não lhe entregou imediatamente o papel, Lil acrescentou:

— Por favor.

Jake ficou com a respiração presa na garganta. A emoção que ela tinha colocado em sua explicação era muito maior do que a que ele alguma vez expressara em toda sua vida. E isso o fez querer protegê-la, apesar de Lil estar lhe pedindo exatamente o contrário.

Ele lhe entregou o documento.

— Eu vou com você, mas prometo não interferir.

Ela o observou calmamente antes de tirar a bebê do banco de trás.

— Eu mesma resolvo isso.

Ele a viu caminhar na direção do edifício da NBN Communications. Ombros afastados com determinação, a bebê encaixada em seu quadril; e Jake pensou que jamais tinha visto alguma coisa tão bela. Ela era uma tigresa caminhando para a batalha com seu filhote nos braços.

A situação era estranhamente humilhante... Ele iria assistir a um acontecimento que guardaria na memória pelo resto de sua vida.

Essa curta reflexão permitiu que Lil chegasse ao edifício antes dele. Jake correu um pouco para alcançá-la. Ela não iria fazer aquilo sozinha, ele estaria a seu lado para ajudá-la.

Lil entrou pela porta principal e foi direto para a recepção.

— Quero falar com o diretor.

— Tem reunião agendada? — A recepcionista loira que parecia estar vestida para ir a uma festa em vez de ir trabalhar atendeu Lil sem quase olhar para ela.

Lil ficou sem saber se deveria falar diretamente para a mulher ou para o imenso peito que saía pelo decote de sua miniblusa.

— Eu… — começou a falar, mas a recepcionista se levantou e abriu um sorriso enorme para alguém que estava atrás de Lil.

— Sr. Walton! Vou anunciá-lo para Sr. Cooper — disse a recepcionista em um tom de voz repentinamente sensual.

Ok, por favor! Poderia ser mais óbvio? Não era de se espantar que ela o reconhecesse, qualquer pessoa que assistisse televisão seria capaz de fazê-lo. Mas, falando sério, aquela piranha precisava se jogar em cima dele? *Eu não vou ficar aqui para ver esses dois se jogarem em cima um do outro só para eu poder falar com o diretor.*

— Eu pedi para você ficar no carro — Lil murmurou para Jake.

— Você prefere ficar aqui esperando durante horas? — Ele perguntou.

Pelo menos ele não parecia ter o mínimo interesse naquela mulher que estava praticamente babando em cima dele. Ele sempre seria alvo daquele tipo de bajulação em todos os lugares aonde ia? Não era estranho que parecesse sempre tão chateado.

Eu não vim até aqui para ficar analisando os hábitos de paquera de Jake.

E ele tinha razão. Por que ela estava querendo fazer tudo da maneira mais difícil? Estava sendo ridícula. No entanto, se ela chegara até ali, seguiria seu plano até ao fim.

— Por favor, me deixe resolver isso do meu jeito.

— Ficarei calado.

Ele nem precisava falar. Sua mera presença mudava imediatamente as regras do jogo.

O gerente saiu apressado de sua sala, com ar bajulador. Passou por Lil e estendeu a mão para Jake.

— Sr. Walton, o que o traz até à NBN hoje?

Jake ignorou a mão estendida.

— Acho que o assunto é para ser tratado com a senhorita Dartley.

O homem não era suficientemente inteligente para esconder seu desprezo:

— Senhorita Dartley, se queria receber por sua entrevista, deveria ter negociado o preço antes de concedê-la.

Jake assumiu um ar agressivo e deu um passo na direção dele, mas Lil não permitia facilmente ser tratada daquele jeito. Ela entregou Colby e a sacola de fraldas para Jake. Tirou a carta de sua bolsa e a entregou para o diretor.

— Eu não dei entrevista alguma. A conversa telefônica que vocês têm foi gravada sem eu saber e sem a minha permissão, com sua jornalista se fazendo passar por outra pessoa. Se vocês ou outra emissora qualquer a colocarem no ar, eu vou processá-los até ficarem na bancarrota.

O diretor ia falar alguma coisa, mas desistiu. Olhou para Lil e depois para Jake, dando mais importância à relação que imaginou que existia entre eles do que ao papel que segurava em suas mãos.

Quando voltou a falar, sua intenção era simplesmente acalmá-la.

— Eu não sabia de nada disso, senhorita Dartley. É claro que a entrevista não irá ao ar.

Foi terrivelmente fácil.

O que não deveria ser um problema, mas era.

Ela não tinha conseguido provar nada.

Lil se voltou e tirou Colby dos braços de Jake. Saiu decidida, deixando Jake ali parado com a sacola de fraldas pendurada em uma de suas bem tratadas mãos.

Aquilo pareceu divertir o diretor, porque ele tentou dizer alguma coisa.

Jake se inclinou para ele:

— Fale. Me dê uma razão para eu me lembrar do seu nome quando eu sair daqui e você vai passar o resto de sua vida se arrependendo.

O sorriso desapareceu rapidamente do rosto do homem, o que fez Jake se sentir satisfeito quando deu as costas para fazer algo que ele jamais havia feito em toda sua vida... Correr atrás de uma mulher.

CINCO

Quando Jake chegou ao carro, Lil já dera a partida e Colby estava sentada, em segurança, no banco traseiro.

— Eu consegui! A entrevista não vai ao ar.

— Sim, você conseguiu.

Lil sorriu.

— Eu consegui, mesmo! Eu acho que o fato de você estar lá também ajudou, mas acho que eu teria conseguido de qualquer jeito.

— Provavelmente você está certa.

— Você deve estar se sentindo feliz por tudo isso ter terminado. Agora você já pode voltar para Nova York e contar para Dominic que ele não precisa se preocupar mais. — Lil soltou um suspiro trêmulo. — Eu sei que é bobagem, mas eu estava bem nervosa lá dentro. Ainda estou sentindo minhas pernas tremerem. Adrenalina, eu acho.

Jake colocou uma mão em seu cinto de segurança e perguntou:

— Não é melhor eu dirigir?

Lil hesitou por um momento e depois soltou seu cinto.

— Ok, mas só porque ainda estou me sentindo um pouco tensa.

— Lógico.

Eles trocaram rapidamente de lugar. E quando estavam entrando na pista principal, Jake perguntou:

— Eu preciso dar uma parada rápida em um lugar, você se incomoda?

Apesar de Lil estar morrendo de vontade de chegar em casa e relaxar, ela disse:

— Sem problema.

Afinal, ele tinha viajado até ali só para ajudá-la. Ela estaria em casa logo. E os jornalistas já teriam ido embora. Então, ela colocaria Colby para dormir e poderia estudar um pouco. Lil olhava os altos edifícios dos dois lados das ruas por onde o carro estava indo. Mesmo que ela não quisesse, havia algo que precisava ser dito:

— Jake, acho que ainda não agradeci a você por ter vindo até aqui. Eu não sou muito boa para aceitar ajuda.

— Sério? Eu nunca teria imaginado uma coisa dessas — ele disse suavemente, apenas com um leve toque de humor em sua voz.

Lil sorriu:

— Não comece. Eu estou tentando ser simpática.

— Isso é um esforço grande para você?

— Com algumas pessoas, sim — brincou Lil.

Ele parecia querer dizer mais alguma coisa, mas se manteve calado. Em vez disso, parou em frente a um luxuoso edifício residencial e entregou as chaves do carro popular de Lil para um porteiro, mantendo-se imperturbável perante a expressão do rosto do rapaz quando olhou a marca do carro. Lil imaginou que ele não estava acostumado a estacionar muitos carros com cheiro de talco de bebê e leite azedo. Ela desencaixou a cadeirinha portátil e colocou no ombro a sacola de fraldas. Estava com esperança de que naquele lugar para onde estavam indo houvesse um local onde ela pudesse mudar a fralda de Colby e alimentá-la ou, em breve, a personalidade agradável de sua filha sofreria uma mudança drástica.

O segurança que estava na recepção os cumprimentou quando entraram. Lil seguiu Jake através do impecável saguão e entraram em um elevador tão bonito que dava vontade de viver ali dentro. Lil ficou imaginando que tipo de gente vivia em um edifício como aquele.

Pessoas como Jake, imaginou.

Eles subiram até a cobertura, é claro. O que a espantou foi o modo como esta estava decorada. Móveis grandes e confortáveis. Cores quentes e femininas. Aquela não poderia ser a casa de Jake, poderia?

— Você mora aqui?

— Não, é a casa de um amigo.

Lógico!

Ele devia ter um monte de *amigos*.

Um momento de ciúme foi rapidamente seguido de uma sacudidela mental em que Lil disse a si mesma que nada disso era da sua conta, e que ela seria bem mais feliz se continuasse se lembrando disso. Ela pousou a cadeirinha de Colby no chão e abriu o cinto de segurança.

— Colby está molhada. Você se importa que eu use a cama para trocá-la? Eu tenho uma manta.

Pouco depois ela voltou do quarto e falou:

— Você não me falou que seu amigo também tem um bebê. O quarto tem um berço e uma mesa para trocar fraldas.

Jake não respondeu. Em vez disso, falou:

— Já olhou a vista? É deslumbrante. Você pode até ver o Rio Charles da varanda.

Lil abriu as portas de estilo francês e suspirou de prazer. A cobertura ficava bem lá no alto, e ela podia ver não apenas o rio, mas também quase toda a cidade de Boston.

— É lindo!

— Ainda bem que você gostou. Isso torna tudo mais fácil.

Lil sentiu os pelos de sua nuca se eriçarem.

— Mais fácil?

Jake se voltou, as mãos casualmente colocadas nos bolsos.

— Você não pode voltar para sua casa.

— Não... — Ela olhou ao seu redor, em uma recusa atordoada.

— Sim.

— Você não pode...

Ele apontou a enorme sala ao redor deles com a mão.

— Já está decidido. Como poderá ver, aqui tem tudo do que você e Colby precisam. Enquanto estamos aqui conversando, suas coisas estão sendo trazidas para cá.

— Eu já falei para Dominic que não quero nada dele. Eu não quero essa cobertura.

— Isso foi antes da entrevista.

— Eu resolvi o assunto. A entrevista não vai ao ar.

— Lil, não é assim tão simples. Mesmo não indo ao ar, sua entrevista atraiu a atenção do público. E isso significa paparazzi...

— Por que as pessoas se preocupam comigo? Eu não vou casar com um bilionário.

— Não, mas sua irmã vai, isso é um fato, e por mais que você pense que não interessa, isso interessa, sim.

— Eu não vou ficar aqui.

— Você não tem opção — a expressão dele se endureceu.

Lil sentiu sua boca ficar seca.

— O que significa isso?

Ele a estava ameaçando? Jake era gentil, mas não um cachorrinho de colo. Apesar de ele estar cumprindo ordens de Dominic, ela não tinha dúvidas de que ele tinha uma força própria que precisava levar em conta.

Ele se aproximou e falou de uma maneira que ela teve certeza de que era a mesma que usava para tratar de negócios complicados.

— Significa que é a única coisa que faz sentido, e que você mesma vai entender isso quando ficar mais calma.

Ficou claro que ele não a estava ameaçando — ele precisaria reunir emoção suficiente para fazê-lo.

Ela falou, zangada:

— Sério? Quando eu ficar mais calma? Desculpe eu ter uma resposta tão emocional à manipulação. Lamento, ao contrário do que você fez, eu não sigo cegamente as ordens de Dominic. Nem todos somos seus fantoches.

Lil se sentiu triunfante com essa resposta, e seu rosto ficou levemente corado. Ainda assim, sua voz se manteve furiosa e racional.

— Felizmente, sua opinião sobre mim não tem nada a ver com essa situação. Você vai ficar aqui não porque Dominic ou eu mandamos; você vai ficar porque você e sua filha não estão mais em segurança em sua antiga casa. Se o que você falou mais cedo é verdade, e baseia mesmo todas as suas decisões no bem-estar de Colby, então deve aceitar essa ajuda como algo extremamente necessário agora.

Como ele virava fácil suas próprias palavras contra ela.

Lil apertou Colby com mais força contra seu corpo. *Coisas como essas não aconteciam de verdade, não é mesmo?*

— Tem de existir outra saída. E se eu aceitar ter guarda-costas durante um tempo?

Ele balançou a cabeça, calmamente.

— Você vai ter guarda-costas aqui.

— Você não pode fazer isso — ela disse, desesperada.

— Está feito — ele respondeu, num tom definitivo que ela não podia aceitar.

— Não posso acreditar que Abby concordou com uma coisa dessas! Como ela pode achar que vai me obrigar a uma coisa dessas e eu vou aceitar?

Ele deu de ombros.

— Talvez ela nem saiba que eu estou aqui.

— Então, isso não foi ideia dela? Foi coisa daquele namorado doido dela? Por que ele mandou você? Qualquer um podia me dar a má notícia. — De repente, tudo ficou claro na cabeça dela. — Oh, espera, você é o que conserta tudo, certo? Foi isso que Abby falou para mim. Dominic quebra as regras e depois manda você para consertar. Eu sou apenas um problema que ele mandou você resolver. — Lil se odiou porque sua frase acabou numa espécie de soluço.

Jake se aproximou, sua expressão estava agora suavizada pela preocupação.

— Lil...

Ela levantou uma mão para pará-lo. *Oh, não! A piedade só vai piorar as coisas.*

— Não, não fale mais nada. Já entendi. Me dê licença.

Dominic havia mandado seu braço direito. *Eu devo ser um problema bem maior do que imagino.* Lil pegou a sacola de fraldas e caminhou de volta ao quarto. Precisava de um momento para colocar as ideias em ordem, para entender tudo aquilo. Ela sentou na beira da cama e, distraída, deu a mamadeira para Colby.

Depois de comer, a bebê adormeceu no colo da mãe. Lil atravessou o quarto e a colocou para dormir no berço. Era obviamente um berço grande e quem tinha decorado o quarto havia se dado ao trabalho de colocar por cima um móbile igual ao que existia na casa de Lil. Abby sabia daquela cobertura. Ela podia até não saber o que estava acontecendo hoje, podia não saber que Lil estava se mudando para lá, mas era evidente que ela havia desempenhado um papel na decoração do quarto. Seu toque suave e maternal estava em tudo aquilo.

Um pouco da raiva de Lil se dissipou. Ela não podia culpá-los por pensarem que precisava ser protegida, contida.

Olhou para baixo, para sua filha, e pensou: *Tanta coisa mudou e nada mudou, afinal. Mas vai mudar, Colby. Vai mudar.*

Quando Lil voltou à sala, Jake estava sentado no sofá de flores estampadas. Ele se levantou quando a viu.

No início, ninguém falou nada.

Lil quebrou o silêncio constrangedor:

— Você acha mesmo que nós estamos correndo perigo?

Jake afrouxou o nó da gravata como se, de repente, aquilo o estivesse incomodando:

— Dominic tem tantos inimigos como aliados.

Lil falou, olhando a enorme sala da cobertura:

— Quanto tempo vai demorar para isso tudo acabar? Certamente as pessoas vão me esquecer quando surgir uma outra história para chamar a atenção delas.

— Não há como voltar atrás. Quanto mais depressa você aceitar que sua vida mudou, mais fácil será para você e para Colby. — A voz de Jake tinha um tom de preocupação.

Lil sentiu a raiva voltar.

— Como você pode dizer isso, assim, dessa maneira? Não fui eu que escolhi isso.

Ele levantou e aproximou-se dela:

— O que você quer que eu diga, Lil?

Ela atirou as palavras, cheia de raiva:

— Eu quero que você entenda que essa situação está arruinando minha vida. Como eu vou fazer minha prova final amanhã? Eu nem posso pisar na garagem de casa... Oh, espera, eu não tenho mais garagem. Apenas isso... isso... — Ela acenou com a mão, mostrando a cobertura.

Ele ficou por cima dela, causando uma explosão de hormônios. O corpo dela não estava preocupado com a razão por que eles estavam ali, ficou tenso e vibrante. Os olhos dele se dilataram e sua respiração se alterou, ficando igual à dela. Sem nem sequer se tocarem, eles se sincronizaram a um nível que era estranho para os dois. Naquele momento, não havia ontem, nem amanhã. Apenas duas pessoas lutando contra a atração que desafiava aquilo que cada um deles achava que queria.

Ele gemeu e deslizou a mão sob o cabelo de Lil, puxando-a para si. E a beijou com uma onda de paixão inesperada; uma paixão que fez o corpo dela saltar para corresponder.

Não era o beijo tímido de alguém que está testando um novo sabor, mas sim a exigência plena de um homem que provou e está voltando com fome. Lil fechou os olhos e se perdeu com prazer. A outra mão de Jake deslizou pela bunda dela, e a puxou ainda mais, como se quisesse se fundir com ela. A saia de Lil ficou amassada sob aquela mão forte que a segurava, apertando sua bunda sob o tecido de algodão.

Ele se afastou um pouco.

— Não podemos fazer isso — ele disse, sua respiração aquecendo os lábios dela.

Ela o olhou, o desejo a impedindo de falar qualquer coisa. Seu corpo estava enviando sensações selvagens para todas as partes onde os corpos deles se tocavam. Ela estava querendo, precisava, senti-lo mais.

— Eu quis dizer que... É má ideia haver alguma coisa entre nós dois — ele disse, rouco.

As palavras de Jake encharcaram o calor que Lil sentia. Ela se afastou do abraço dele e ajeitou a saia.

— Então, você precisa mesmo parar de me beijar — ela respondeu, zangada.

Ele passou a mão no cabelo, em um gesto frustrado, bagunçando-o do mesmo jeito que ela gostaria de ter feito, se ele não fosse um idiota.

Jake falou:

— É evidente que existe uma atração entre nós dois.

— Mas você acha que Dominic não aprovaria... — ela o provocou. Ela queria machucá-lo como ele a estava machucando.

— Estou pouco me lixando para o que Dominic pensa, mas um de nós precisa continuar focado em... — Ele parou de falar.

— Em? — Ela colocou uma mão no quadril e esperou.

— Negócios. Apenas negócios. Escute... — ele começou a dizer.

Ela o interrompeu:

— Não, escute você. Por que você hoje está mexendo com a minha cabeça? Toda essa mudança forçada já mexeu o bastante, obrigada. Eu tenho uma prova amanhã de manhã e provavelmente irei bem mal porque hoje eu deveria estar estudando, mas já estraguei tudo. Se eu conseguisse descobrir onde estão meus livros, talvez pudesse ler um pouco enquanto Colby está dormindo... Não que eu pudesse me concentrar depois disso. — Ele pareceu querer dizer alguma coisa, mas Lil levantou uma mão e falou — Por favor, não explique de novo por que nós não podemos ficar juntos. Eu já escutei o suficiente. Vá embora.

Jake caminhou inquieto na frente dela e passou novamente a mão pelo cabelo.

— Você se sente machucada.

Lil bufou.

— Você está delirando. Claro, você é sexy e rico e provavelmente as mulheres caem a seus pés o tempo todo; mas, para me machucar, eu precisaria me importar com você, o que eu não faço. Seja qual for a atração que você sente... A ignore. É isso o que eu estou fazendo.

Ele parecia um pouco confuso.

Lil parou e balançou a cabeça:

— Você parou de ouvir quando eu falei sexy, não foi?

Jake corou um pouco:

— Eu tentei ignorar essa parte — ele disse suavemente.

Ela cruzou os braços protetoramente sobre o peito.

Ele se aproximou e passou as mãos nos ombros tensos dela, deslizou pelos braços e a puxou gentilmente contra seu corpo.

— Você não faz meu tipo — ele falou quase para si próprio.

Ela manteve teimosamente os braços cruzados, mesmo quando ele desceu ainda mais as mãos e a enlaçou pela cintura.

— Definitivamente, você também não faz o meu — ela respondeu. — Você é tenso demais.

Ele a soltou um pouco e disse:

— E você é imprevisível demais.

O corpo dela ficou rijo e estremeceu. Seus olhos encontraram os dele, ousadamente:

— Você jamais escuta.

Um meio sorriso curvou o canto da boca dele:

— Você jamais se cala.

O tempo parou e o ar em volta deles ficou mais quente. Lil mordeu o lábio inferior à medida que a tensão aumentava, e cedeu à tentação de sentir o corpo de Jake contra o seu. Envolvendo o seu pescoço, encaixou-se completamente contra ele e sua excitação.

— Então, estamos de acordo.

Com um movimento forte, ele a levantou pela cintura, esfregando-a deliciosamente contra seu corpo.

— Sim.

Ele a puxou para cima, obrigando-a a envolver com suas pernas o corpo dele, para se equilibrar. Com um passo, Lil ficou parcialmente sentada sobre uma mesa atrás do sofá. Ele jogou nas almofadas do sofá uma taça decorativa que estava sobre a mesa e sentou Lil completamente sobre o móvel, explorando sua boca com a dele, enquanto suas mãos a procuravam sob a saia e deslizavam pelas longas pernas da moça, para tirar seus sapatos.

Mãos fortes subiam e desciam nas pernas dela, como quem quisesse sempre mais, como se estivesse memorizando cada curva e cada canto do corpo dela. O beijo dele se transferiu da boca para o pescoço dela. Testando. Provando. Lambendo-a com sua respiração quente. Lil se firmava mantendo as mãos nos ombros dele.

Jake abriu as pernas de Lil e deslizou um dedo na seda de sua calcinha, depois entre as pregas suaves da carne dela. Com um rigor meticuloso, ele a explorou e acariciou. Quando encontrou o ponto que a fez estremecer, Jake rodeou Lil de toda a atenção. Cada toque aumentou o calor que estava crescendo dentro dela. Ela o queria sentir dentro de seu corpo.

Ela se contorceu contra a mão dele, se inclinando para trás, sua excitação substituindo qualquer pensamento coerente. Primeiro, ele encheu o centro dela apenas com um dedo e, em seguida, quando ela o acolheu com um gemido de prazer, ele colocou outro, e os moveu para frente e para trás, dentro dela. Lil gritou quando o prazer se tornou mais forte do que ela poderia suportar.

Ela quase chorou em protesto quando os beijos e as mãos dele pararam simultaneamente.

Ele a recostou ainda mais para trás, e tirou sua calcinha. Com outro movimento hábil, subiu a saia até a cintura, e a bunda de Lil ficou exposta ao frio da mesa, e seu centro quente mais uma vez se abriu aos dedos atentos de Jake.

Em seu desespero crescente para senti-lo, ela tirou a camisa dele para fora da calça e deslizou as mãos pelo seu peito, duro como rocha, saboreando a sensação dos músculos se contraindo sob seu toque. Uma das mãos dele segurou a cabeça de Lil, enquanto seus lábios beijavam os dela, a língua dele circulando e desafiando a dela, a outra mão acariciando sabiamente o interior do corpo de Lil até que ela abriu mais as pernas, se oferecendo, implorando mais prazer. E ele correspondeu, enquanto Lil se encostava mais ainda contra a mão dele, se contorcendo de prazer.

Ela curvou-se ligeiramente quando ele retirou suas mãos do corpo dela e quase lhe provocou um orgasmo ao rasgar sua blusa com um movimento brusco. Afastou para o lado o sutiã e lhe lambeu o mamilo, lambendo e mordendo suavemente até Lil gemer de prazer e despir o que restava de sua blusa, jogando o sutiã no chão e, silenciosamente, oferecendo-lhe o outro seio.

Lil jogou o corpo para trás, se apoiando nas mãos, enquanto Jake continuou lhe dando prazer com os lábios, a língua e seus selvagens e experientes dedos. Ele a empurrou suavemente até que ela ficasse completamente deitada sobre as almofadas do sofá, e ficou em cima dela por um momento.

Em seguida, ele se inclinou para saboreá-la, ela fechou os olhos e seguiu a explosão de calor que correu através de seu corpo. Ele lambeu sua barriga, a carne sensível do interior de suas coxas e depois seguiu o caminho que seus dedos haviam feito. Ela cravou as mãos no tecido em ambos os lados de sua cabeça, sem saber se conseguiria se impedir de implorar que ele a penetrasse.

Lil ouviu o som rápido do zíper da calça de Jake se abrindo, seguido do estalido da embalagem de camisinha, e a sua excitação ficou dez vezes mais intensa.

Me possua, ela pediu em pensamento, febril. *Me possua agora*.

Ele passou um braço pela cintura dela e a levantou até que os olhos de ambos ficaram no mesmo nível, o tecido da calça dele roçando o interior das coxas dela. As mãos de Lil se cravaram nos ombros dele, através do paletó, e então fechou os olhos em antecipação.

— Olhe para mim — Jake ordenou.

E ela o olhou. Ela olhou dentro daqueles olhos dourados e quentes, sentindo o sexo dele provocando sua excitação. Um suspiro escapou dela quando ele a penetrou em um movimento poderoso. Seu corpo naturalmente se apertou em torno do corpo dele e eles começaram a se mover em conjunto. Ele agarrou seus quadris e a posicionou de modo a possuí-la mais fundo.

Sem quebrar o ritmo, ele a explorou por dentro, se ajustando até que cada movimento seu a estremecesse. Ela agarrou o tecido macio da camisa dele, o puxando contra ela para, uma vez mais, ele sugar os seus seios.

A boca dele buscou a dela e seus orgasmos foram compartilhados, intensos, deixando ambos completamente trêmulos, colados um contra o outro.

Ele deu um passo para trás e lhe ofereceu a mão em um movimento cavalheiresco, que parecia ridículo na ocasião. Ela o aceitou apenas porque, de repente, estava se sentindo excessivamente exposta ali, deitada, e quebrou rapidamente o contato para pegar sua camisa. Quando olhou para cima, depois de colocar a saia o melhor que conseguiu em torno de seus quadris, ele já estava perfeitamente vestido. Se ela fosse capaz de ignorar o latejar de prazer que ainda estava sentindo entre suas pernas ou os lugares de seu corpo que ainda estavam quentes, era bem mais fácil de acreditar que havia imaginado tudo o que acabara de acontecer. Infelizmente, a calcinha e o sutiã que estavam zombando dela, logo atrás de Jake, eram seus.

— Lil, eu...

Ela passou rapidamente por ele, se abaixando para pegar do chão as peças de roupa que haviam ficado espalhadas, e as colocou sobre o sofá. O que ele poderia dizer? Nada que ela estivesse querendo ouvir.

— Não fale nada. — Com uma mão, ela pegou a frente de sua blusa, para fechá-la mais um pouco, e com a outra indicou a porta para ele. — Apenas vá embora.

Parecendo bem mais infeliz do que qualquer homem deveria depois de compartilhar aquilo que Lil estava considerando como o melhor sexo de sua curta experiência, ele falou:

— Isso foi...

— Um erro. — Lil terminou a frase na vez dele. — Você não precisa falar nisso. Você não precisa suavizar a situação com palavras doces. Eu não sou ingênua. Eu sei que isso não significou nada.

— Não...

— Não o quê? Não estou falando a verdade? Não reconheço o que nós dois estamos pensando? Olhe bem nos olhos e me diga que você não está morrendo de vontade de sair correndo por aquela porta e esquecer tudo isso.

Jake não foi capaz de dizer nada.

— Vá embora, Jake. Volte para Nova York. Eu ficarei ótima. Isso foi um erro que seria melhor nós dois fingirmos que jamais aconteceu.

Ele caminhou até a porta e balançou a cabeça.

— Eu não cometo erros como esse.

— Bom, bem-vindo à raça humana! — Lil disse e bateu a porta.

SEIS

Jake descia no elevador, se autocastigando pelo que acabara de fazer. Ele não era um homem impulsivo. A vida era um jogo que deveria ser jogado como o xadrez – realizando cada movimento somente depois de considerar todos os resultados possíveis.

Mas algo de inexplicável sempre acontecia quando ele estava por perto de uma certa morena ardente e sincera. Durante metade do tempo ele não tinha certeza se estava se sentindo insultado, irritado, ligado, excitado ou uma mistura bizarra de todos esses ingredientes.

Agora ele se sentia apenas completamente confuso.

Só quando o elevador parou, Jake se lembrou de que havia levado o carro de Lil. Instintivamente, discou o número de alguém que era, tecnicamente, o assistente pessoal de Dominic, mas que, ao longo dos anos, havia se tornado muito mais do que isso para os dois. Ele não conseguia se lembrar de uma crise que a Sra. Duhamel não houvesse resolvido numa boa.

— Marie, eu estou na casa de Lil Dartley. Estou precisando…

A senhora mais velha o interrompeu:

— Ela aceitou se mudar?

— Sim, ela e Colby estão se instalando, mas esta manhã nós viemos até aqui no carro dela...

— Como ela aceitou isso? Está chateada?

— Ela está... — *Fantástica! Esse é o problema*, Jake pensou. Droga! O que ele poderia falar para uma mulher que estava bem mais perto de representar em sua vida a figura materna do que sua verdadeira mãe alguma vez tinha feito? — No início ela ficou brava. Depois...

Ele não queria que acontecesse, mas sua frustração estava vencendo. Jake continuou:

— É rídiculo eu ainda estar aqui. Isso não é problema meu; é problema de Dominic. É a família dele e um assunto dele. Já estão preparando meu helicóptero no heliponto do prédio do meu escritório. Em uma hora estarei viajando de volta. Só preciso que um carro venha me buscar. Eu deixei o meu na antiga casa de Lil.

— Você não tratou do transporte de volta? Isso nem parece coisa sua! — Marie comentou, surpresa.

Jake deu de costas para que seu comentário não fosse escutado pelo manobrista que estava por perto, e retrucou:

— Eu não posso cometer um erro? O mundo vai acabar se eu errar uma única vez?

— Jake, o que está realmente chateando você?

Suspirando, ele respondeu com voz cansada:

— Nada. Apenas mande um carro para cá.

— É a Lil? Vocês dois brigaram? Talvez você deva ficar aí e resolver logo isso, em vez de voltar para Nova York.

Ligar para Marie havia sido um erro. Ele não estava preparado para discutir a confusão de emoções que estava vivendo.

— Eu não liguei para você para ouvir um sermão.

O tom de voz dela se suavizou e, se estivesse ali, provavelmente teria oferecido a Jake qualquer coisa para comer. Quando ele ou Dominic ficavam subitamente ríspidos com ela, Marie sempre tentava acalmá-los com comida. Por vezes funcionava. Mas, sem essa opção, decidiu usar um tom de voz compreensivo e maternal, sua outra arma secreta.

— Jake, você também não ligou para mim por causa do carro. Você tem o serviço de carros de Boston sempre pronto a atendê-lo, é simples. Você e Dominic são tão parecidos...

Jake pigarreou.

— Não consigo imaginar duas pessoas tão diferentes como Dom e eu.

Marie deu uma risadinha suave e falou:

— Sério? Você sabe que ele ligou para mim na noite em que conheceu Abby?

— Essa é uma situação completamente diferente.

— Jake, sou eu, Marie. Eu conheço você bem demais para saber quando está querendo me contar alguma coisa.

Jake afrouxou o nó da gravata e tirou o paletó. O sol do meio-dia o estava assando dentro de seu terno escuro, e era essa a razão de seu mau humor — pelo menos, a única que ele estava disposto a reconhecer.

— Vir até aqui foi uma má ideia, Marie. Simplesmente, péssima ideia.

— Oh, meu Deus! Você dormiu com ela!

Jake não respondeu.

— Jake! Bom, não há como você voltar para casa essa noite. O que você está pensando? — Ela perguntou. Jake ficou imaginando a decepção nos olhos dela e fez uma careta.

Não estava pensando em nada, ele reconheceu para si mesmo.

Ele não precisou responder. Marie continuou falando:

— Jake, você vai dar marcha a ré, vai voltar lá e se certificar de que a menina está bem.

Ele se sentiu de novo com cinco anos, quando ela usava aquele mesmo tom com ele.

— Não posso fazer isso.

— Pode e vai fazer. — Agora, a voz dela parecia de aço. — Eu não quero nem saber o que aconteceu entre vocês dois hoje. Mas ela é uma mãe solteira. Você devia estar cuidando da instalação dela e da filha na nova casa. Você checou se as compras do supermercado chegaram? Perguntou se precisa de alguma coisa?

— Não — ele admitiu, se sentindo cada vez pior, à medida que Marie ia falando. Jake suspirou, esfregando a testa. — Por que eu te liguei?

O tom de voz dela suavizou de novo.

— Porque sabia que estava fazendo algo de errado, mas precisava que alguém falasse isso para você.

Ele quase riu de si mesmo.

— Ela vai achar que sou doido se for até lá agora e bater na porta.

— Você se lembra de quando Dominic mandou você para a República de Dabroto falar para eles honrarem seus contratos, apesar de o governo deles estar sob o ataque dos líderes rebeldes? Eu perguntei se você estava com medo...

Não era o momento para recordações.

— Não entendo o que isso tem a ver com essa situação.

Marie o corrigiu carinhosamente:

— Você falou: *medo é a primeira coisa que devemos riscar da lista de qualquer festa.*

— Eu não estou... — ele parou no meio da frase.

Merda!

Ele podia enfrentar os líderes rebeldes. Podia impor sua vontade a ditadores irritados. Podia até bancar o mediador entre dois governos prestes a se destruírem. Havia algo de revigorante em trazer ordem e calma onde só havia confusão.

Mas com Lil era diferente.

Ela o assustava porque, em volta dela, *ele* era o caos.

— Dominic me mandou até aqui para garantir que ela estava em segurança, Marie.

E olha só a confusão que eu armei!, ele pensou.

Marie respondeu, com ironia:

— Por mais dolorosa que essa revelação seja, Jake, você não é perfeito. Mas isso não quer dizer que você não possa consertar a situação, eu acho. De repente, Lil ganhou uma vida completamente diferente. Imagine só como ela deve estar se sentindo perdida.

— Já estou me sentindo mal pelo meu comportamento.

— Então, o que você vai fazer para consertar isso?

O que eu posso fazer?

Antes mesmo de a pergunta estar completamente formulada em sua mente, ele teve uma ideia.

Jake desligou o telefone e voltou para o edifício.

Ele sabia exatamente como fazer tudo certo.

SETE

Lil escutou alguém bater na porta e pensou se aquele prédio teria serviço de entregas. Talvez algumas de suas coisas estivessem chegando. Ela apertou o casaco por cima da blusa que havia ficado sem botões. Uma rápida olhada no espelho do corredor confirmou seu receio: o cabelo estava uma bagunça e, depois do sexo, seu rosto ainda estava corado.

Bom, não há nada que eu possa fazer sobre isso.

Ela abriu a porta e quase a fechou de novo. Era Jake, o paletó pendurado sobre o ombro, e parecendo um pouco mais despenteado do que estava quando saiu dali.

— Posso entrar? — ele perguntou educadamente, como se, ainda há pouco, eles não tivessem transado selvagemente sobre a mesa da sala.

— Não acho boa ideia — ela disse, segurando firmemente a porta com uma mão e bloqueando a entrada dele com a outra.

— Precisamos conversar — ele disse sem rodeios.

Au contraire.

— Acho que a gente já disse tudo que precisava ser dito. — Ela se preparou para fechar a porta, mas ele avançou o pé e a impediu.

— Eu não.

— Não torne tudo mais difícil, Jake.

Ele a olhou suavemente, algo que Lil começava a entender que, independentemente daquilo que ela dissesse ou desejasse, sempre acabaria por fazer como ele queria.

Resistente, ela abriu a porta. *Aquele dia poderia ser ainda pior?*

— Ok, entre.

Ela caminhou descalça até à sala de visitas e se sentou em uma das enormes cadeiras; ele se sentou no sofá, de frente para ela. Um silêncio pesado invadiu o ambiente.

Jake enfim tomou coragem e perguntou:

— Você tem tudo de que precisa para Colby?

— Sim, tenho — Lil respondeu calmamente.

— E a despensa está cheia?

Lil balançou a cabeça, confusa. O que ele estava fazendo? Ela decidiu usar o sarcasmo:

— Não sei lhe dizer. Não consegui andar para além do sofá.

Ele corou levemente, mas não a contrariou. Levantou-se e foi até a cozinha verificar o estoque da geladeira e dos armários, abrindo e fechando as portas de todos eles.

— Seus livros chegam em 20 minutos, e também algumas roupas, mas o restante das coisas só será entregue amanhã, para que nada perturbe você hoje à noite.

— Obrigada.

Aquele bate-papo estava sendo bem surreal. Onde estava o homem que havia arrancado a saia dela com um movimento cheio de luxúria?

Ele voltou para junto dela, parecendo indeciso sobre se deveria sentar-se ou ficar andando de um lado para o outro.

— Seu carro continua na garagem. Amanhã de manhã você pode pegá-lo ou, se preferir, pedir um carro com motorista. Vou deixar o número na recepção. Ah, eles sabem que você precisa de uma cadeirinha de bebê.

— Não é necessário...

— Foi isso que eu vim fazer aqui.

Bom, essa doeu.

Lil ficou de pé e se dirigiu para a porta.

— Claro! Bem, então, obrigada, está tudo ótimo por aqui. Você pode voltar para Nova York e dizer para Dominic que sua tarefa está cumprida.

Em vez de responder à provocação dela, ele perguntou:

— Você tem uma prova amanhã de manhã, não é?

— Sim — ela respondeu, se perguntando para onde aquela conversa iria levá-los.

— Eu contratei a babá que já cuidou de Colby antes. Ela estará aqui em uma hora. Isso vai permitir que você estude mais tarde.

Uau! Jake sempre pensava em tudo. Pena ele ir embora, deixando que ela pensasse que nada tivesse acontecido naquele dia.

Ela precisou admitir que contratar uma babá para a noite havia sido uma boa ideia. Lil gostaria de olhar para Jake apenas como um homem arrogante e controlador, mas, depois disso, era impossível.

Espere!

— E ela estava disponível? Ela é ótima. Achei que não estaria mais disponível.

— E não estava, mas aceitou deixar o outro trabalho. A empresa achou uma substituta para ela.

— Assim de repente? — *Alguém seria capaz de dizer não para Jake?*

— Todo o mundo tem um preço.

Que maneira horrível e absolutamente falsa de olhar as pessoas.

— Eu não, e também não quero uma babá que pode ser comprada.

Jake levantou as sobrancelhas, reconhecendo o ponto fraco dela.

— Vou cancelar e pedir para a empresa mandar outra pessoa.

Ele pegou seu celular.

Lil balançou a cabeça e estendeu a mão para impedi-lo, recuando mesmo antes de sua pele tocar na dele.

— Não, eu arranjo alguém para cuidar dela. Posso levar Colby para a casa de amigos que sempre estão dispostos a me ajudar.

— Eu cuido dela.

Uau! Simplesmente uauuu!

— Quê?

Ele levantou uma das sobrancelhas, dando a entender que Lil o escutara perfeitamente, e que não gostava de repetir o que já havia dito.

— Eu já estou aqui. Posso perfeitamente fazer isso, a não ser que você não confie em mim para tomar conta de sua filha.

— Está falando sério?

— Eu não costumo brincar.

Não diga!, ela pensou.

Jake estava mesmo se oferecendo para cuidar de Colby enquanto ela estudava? Ele era um bilionário, um homem que gerenciava importantes empresas; e não havia conquistado tudo o que tinha em sua carreira sem esforço. Ele estava querendo transar com ela de novo? Se era isso, estava usando uma estratégia bem estranha.

— Colby irá acordar esfomeada — Lil disse, como que para testá-lo.

— Você me dirá o que devo fazer.

— E molhada. — Como ele não falou nada, ela acrescentou — Talvez você precise trocar a fralda dela.

E então ela percebeu que o frustrantemente calmo Jake estava de volta. Ele sequer se abalou um pouco perante essa possibilidade.

— Você vai estar aqui. Me ensina como se faz, uma única vez, e tenho certeza de que conseguirei trocá-la sem dificuldades. Quantos meses ela tem?

— Seis.

Ele digitou alguma coisa em seu celular.

— Você está pesquisando como cuidar de um bebê de seis meses?

Jake ficou levemente corado e se defendeu:

— Pois fique sabendo que as informações colhidas da Internet podem ter alta precisão se cruzarmos uma referência em pelo menos três sites confiáveis. — Ele parou sua busca por um momento. — Por quanto tempo mais você acha que ela vai dormir?

— Uns 20 minutos, eu acho. Seu cochilo normal é de duas horas.

— Ótimo — ele disse, jogando seu paletó sobre o sofá e se jogando entre as confortáveis almofadas. — Quando isso acontecer eu já estarei um verdadeiro profissional. Traga as coisas dela para cá, e você pode usar a mesa para estudar. — E apontou a sala de jantar ao lado.

— Certo — Lil concordou e se sentiu um pouco como se estivesse sonhando. Depois foi pegar a mantinha de Colby e alguns brinquedos, e os colocou próximo aos pés de Jake. Também preparou uma mamadeira. Um recepcionista interfonou avisando que estavam subindo com algumas caixas. Lil espalhou seus livros sobre a mesa e ficou observando Jake, que continuava lendo alguma coisa em seu celular.

Um gemido vindo do quarto avisou que o cochilo de Colby havia terminado; e o cheiro que invadiu as narinas de Lil mal ela entrou no quarto quase a convenceu a trocar a fralda ali mesmo, mas um pensamento perverso atravessou sua mente, e ela pegou a filha e o saco das fraldas e voltou para a sala.

Vamos ver do que Jake é capaz.

Lil escolheu uma área do chão ao lado da manta que havia colocado ali, para Colby brincar, e se colocou junto dos pés dela. Jake largou o celular e sua expressão não demonstrava o nojo que ela esperava. Ela lhe explicou o passo a passo da troca, desde limpar a passar creme, olhando para ele algumas vezes, esperando uma reação que ele não teve.

Jake perguntou simplesmente:

— Você sempre passa creme?

Lil ajustou a fralda limpa e colocou a suja em um saquinho lacrado e descartável.

— Colby está começando a comer cereais e outros alimentos sólidos, por isso agora eu sempre passo creme. Eu não precisava fazer isso quando ela apenas tomava leite.

Lil colocou Colby sobre a mantinha, no meio de seus brinquedos, apanhou o saco das fraldas e foi ao banheiro lavar as mãos.

Quando ela voltou a entrar na sala, viu Jake inclinado, movendo um brinquedo que estava fora do alcance de Colby. Ele pareceu entender a pergunta nos olhos de Lil, porque explicou:

— Pesquisas dizem que se você colocar coisas fora do alcance de um bebê, ele se sentirá bem mais motivado a se mover. E isso também cria sólidas bases para mais tarde ele saber resolver problemas.

A emoção fez a garganta de Lil se contrair, e ela, como resposta, apenas assentiu com a cabeça. Ela queria odiar Jake ou, pelo menos, encontrar uma boa razão para não gostar dele. *Querido Universo, você já me tentou com ele e eu falhei. E agora isto?*

Lil voltou da cozinha com a mamadeira e uma toalha para colocar no ombro de Jake. Ela ia entregar Colby para ele, mas Jake se sentou no chão, apoiando as costas no sofá. Ele mesmo levantou a bebê, e quando os olhos deles se encontraram, Jake falou:

— Eu te pago mil dólares se você não vomitar em cima de mim.

Colby agarrou o nariz dele e o puxou. Jake sorriu e falou:

— Você é uma negociadora difícil, mas não vou te dar nem mais um centavo. — Depois, ele a encaixou na curva de seu braço, e com a outra mão recebeu a mamadeira que Lil entregou.

Lil sabia que sua boca estava aberta de surpresa, mas não conseguia evitar a reação. Ela entregou a Jake a mamadeira e a toalha. Ele colocou a toalha sobre um ombro, como se já tivesse feito aquilo mais de cem vezes.

— Você tem filhos? — ela perguntou.

Ele balançou a cabeça e olhou para baixo, para Colby, que alegremente tomava seu leite.

— Não, mas tenho um monte de amigos que têm.

— E você fica de babá para eles também?

Jake estremeceu.

— Nossa! Não! Eu não gosto de crianças.

Colby levantou a mãozinha e torceu o lábio inferior de Jake. Ele se moveu para trás para escapar do beliscão, mas não pareceu chateado. Lil continuava ali, olhando para Jake, e ele falou:

— Vá estudar.

Enquanto ela caminhava pela sala, ouviu Jake dizer para sua filha:

— Eu não vou cantar para você, mesmo que isso seja adequado para seu desenvolvimento. No entanto, quando você terminar sua mamadeira, podemos ver seus brinquedos e decidir se eles são convenientemente diversificados.

Apesar de, no início, a tarefa parecer impossível, Lil conseguiu se concentrar totalmente em seus livros, e só de vez em quando olhava, rapidamente, para os dois, certificando-se de que estava tudo bem. Mas, em uma dessas vezes, ela cometeu o erro de permitir que seu foco se detivesse neles por mais tempo. Colby estava deitada no cobertor e Jake estava sentado ao lado dela, falando calmamente. Lil escutou apenas uma ou outra palavra, mas ela entendeu que ele explicava a Colby algumas estratégias de investimento. A bebê parecia estar gostando de ser alvo da atenção exclusiva de um adulto, e por isso Lil não comentou o tema que Jake havia escolhido para conversar com sua filha.

"Não gosto de crianças", ele disse. Oh, como tudo isso seria bem mais fácil se fosse verdade. Jake só não sabe ainda, mas um dia ele vai ser um pai maravilhoso de uma criança de alguma mulher sortuda. Não eu, claro.

Lil se levantou, fechando seus livros. Já se sentia superbem preparada, assim, estava na hora de liberar Jake de sua tarefa. Então pegou sua filha no colo e a encostou contra seu peito.

— Obrigada — ela disse.

Jake se levantou, espreguiçando-se quando ficou de pé.

— Você estudou tudo quanto precisava?

— Sim.

Ele se espreguiçou de novo e foi pegar seu paletó. Rápido, se recompôs, apertou a gravata e passou a mão pelo cabelo despenteado, alisando-o. Em segundos era de novo o homem perfeitamente arrumado, completamente em controle, que só por existir fazia Lil ficar um pouco na defensiva.

Ele lhe entregou um cartão:

— Se você precisar amanhã, ligue para esse número.

Era um cartão da agência de babás.

— Não vai ser necessário. Já faz tempo que contratei uma babá para cuidar de Colby enquanto faço minha prova.

— Sim, claro! Nesse caso, estou indo. — Jake olhou em volta, como se quisesse se certificar de que nada ficara fora do lugar. Os olhos deles se encontraram e, por um segundo, Lil viu o brilho do desejo nos olhos escuros de Jake, mas passou rápido e ela quis se convencer de que havia sido apenas sua imaginação.

— Uma limousine vem pegar vocês na sexta-feira. Você e Colby viajarão de jato particular para Nova York.

O coração de Lil deu um salto.

Nossa! Ele a estava mesmo convidando para ficar com ele em Nova York?

Ela não podia fazer isso.

Ela não devia fazer isso.

Mas, apenas por um momento, ela sentiu vontade de ir aonde ele estivesse querendo levá-la.

O que eu estou dizendo?, ela se repreendeu mentalmente.

Jake explicou:

— Dominic e sua irmã darão uma festa enorme nesse final de semana. Eles falaram que é importante que você vá.

O estômago de Lil se revirou dolorosamente, e ela mordeu o lábio para segurar seus pensamentos.

Dominic e Abby. É claro!

— Vou pensar a respeito — ela o acompanhou até à porta. *Por favor, simplesmente vá embora.*

— Eu acho que é a festa de noivado deles. Você não pode faltar.

Uma parte dela queria acreditar que Jake estava dizendo aquilo porque ele queria encontrá-la de novo. *Não seja boba*, disse para si mesma. E respondeu com sarcasmo:

— Dominic mandou você se certificar de que eu irei na festa?

A leve inclinação de cabeça dele foi a confirmação que ela esperava.

Acho que vou ficar doente.

— Tchau, Jake. — Segurando Colby em um braço, com a outra mão ela abriu a porta.

Jake saiu e parou um segundo:

— Você está certa, Lil. O que aconteceu esta tarde não muda nada. Nós vamos nos ver em festas. Não precisa ser difícil.

Jamais ouvi maior bobagem.

Ela bateu a porta na cara dele. Olhando para sua filha, Lil falou:

— Pare de olhar para mim assim. Eu sei que ele não vai voltar. Estou sendo estúpida, mas prometo ser bem mais compreensiva quando você crescer e tiver um namorado.

Colby sorriu.

— Eu sei. Eu também gosto dele — Lil se afastou da porta levando sua filha para a sala, para sua nova sala.

Mais um dia, mais uma história que eu não estou podendo compartilhar com Abby.

Mais tarde, quando Jake voltou para seu apartamento, mandou uma mensagem para Dominic:

— Está feito. Ela está em sua nova casa. Reunião amanhã pela manhã?

Dominic respondeu:

— Não dá. Mandei um pacote sobre a festa para seu escritório.

— E as duas pessoas que você está querendo que eu conheça?

— Elas vão estar lá no sábado.

— Você me mandou os nomes delas?

Dominic enviou:

— Desculpe. Conexão ruim. Falamos mais tarde.

Conexão ruim? Piada. Por que Dominic não estava querendo lhe dizer quem ele tinha descoberto para trabalhar no site deles? Eles não tinham tempo para surpresas.

Caminhando de um lado para o outro da sala, Jake fez mentalmente a lista de todos os erros que Dominic poderia cometer. Se ele estava recorrendo ao mundo do crime para conseguir ajuda, eles poderiam acabar arranjando um problema completamente diferente. Ele esperava que, dessa vez, Dominic escolhesse uma solução bem menos perigosa.

Jake começou a caminhar mais lentamente, até que parou e olhou ao redor. Nada havia mudado desde que ele tinha saído dali, naquela manhã. Seu *tablet* continuava junto da cadeira onde ele sempre se sentava para ler as notícias. Tudo estava em seu devido lugar. Sua casa era imaculada, contemporânea e sossegada.

Vazia. *Privada*, ele se corrigiu e continuou: *ordenada*.

Jake pensou na noite caótica que ele havia passado com os Andrade a pedido de Dominic. Crianças por todos os lados. Todos falando ao mesmo tempo e aos gritos, o que tornava impossível ter qualquer conversa inteligente. Havia sido um alívio poder voltar para casa depois de tudo aquilo.

Ele devia estar sentindo a mesma coisa agora, depois da montanha-russa que havia sido aquele dia com Lil e a noite fazendo papel de babá para a filha dela. Mas a verdade é que não estava, e isso o chateava.

Em vez disso, aquele dia o havia deixado se sentindo...

Ele rejeitou a primeira palavra que apareceu em sua mente porque não lhe pareceu adequada.

Ele não era e jamais havia sido... *solitário*.

OITO

No dia seguinte, Lil colocou sua bolsa, a sacola de fraldas e o notebook sobre a mesa da sala de jantar e, aliviada, descalçou seus desconfortáveis sapatos de salto alto. Colocou a cadeirinha de Colby no chão, ao lado da mesa, e se inclinou para abrir o cinto de segurança e liberar a criança, reparando o quanto ela havia crescido.

— Você está ficando grande demais para essa cadeira, Colby. Não cresça rápido demais, bebê.

Colby estendeu a mão, pegando um pouco dos cabelos de sua mãe e puxando, sem prometer coisa alguma. Lil abraçou a filha e depois a afastou um pouco para poder olhar seu lindo rostinho. Tocou um dos cachos dourados de Colby. A menina sorriu e Lil sentiu que o peso que estava sentindo se dissolveu. Tudo valeria a pena, desde que sua filha estivesse feliz e saudável. Todo o resto se resolveria.

— Bom, felizmente mamãe passou na prova e agora poderá encontrar um bom emprego. E, quando isso acontecer, você vai precisar ficar em uma creche, Colby. Não vai ser fácil para nós duas, mas eu vou escolher uma boa e você vai conhecer outras crianças. Você vai gostar.

Colby não entendia o que sua mãe estava falando, e Lil se sentia feliz com isso. Até agora ela apenas havia aceitado empregos nos quais trabalhava apenas algumas horas por dia, para poder ficar mais tempo com sua filha, e Abby ou uma amiga sempre cuidavam dela enquanto Lil tinha aulas noturnas. Ela havia dobrado a carga horária de suas aulas para terminar o curso mais rápido, mas agora estava quase se arrependendo disso. As coisas iam mudar e ela não tinha certeza se estava preparada para o novo. Certamente passaria a trabalhar entre oito e dez horas diárias, dependendo de onde arranjasse um emprego. Uma secretária precisava ser flexível e estar disponível para trabalhar o quanto seu chefe exigisse. Não iria ser fácil e certamente não era o emprego de seus sonhos, mas ela estava querendo construir um futuro seguro para ela e para sua filha, e isso exigia alguns sacrifícios.

Nenhum de seus planos dera certo, e provavelmente era melhor que tivesse sido assim. Estava na hora de esquecer suas fantasias de infância e colocar toda a energia em coisas mais práticas. Se ela tivesse feito outras opções, estudado mais para conseguir bolsas ou se envolvido apenas com seus assuntos, talvez ela tivesse entrado naquela escola de artes, apesar de seu modesto talento, e construído algo de fantástico com isso. Ficar olhando para trás e pensando em como poderia ter sido era uma perda de tempo. Crescer era se conscientizar de que aquilo que você quer fazer e aquilo que você precisa fazer são coisas completamente diferentes. Como viver em um apartamento que está sendo pago pelo namorado de sua irmã.

Uma batida na porta interrompeu os seus pensamentos.

Deus, faça com que não seja Jake.

Ok, por favor, faça com que seja Jake.

Não, não estou preparada para vê-lo de novo.

Lil abriu a porta e precisou convencer a si mesma de que não estava desiludida por ver sua amiga Alethea. Como sempre, Alethea estava vestida no que ela chamava de “casual chic”. Suas roupas eram modernas, mas discretas, de um estilo que jamais alguém recordaria mais tarde: calça de algodão marrom e blusa de seda cor de pêssego. A única dica sobre a personalidade selvagem que existia por debaixo daquelas roupas discretas eram os sapatos. Alethea jamais resistira a sapatos de salto alto caríssimos.

Olhando para sua amiga, perfeitamente arrumada, ficava difícil acreditar que as duas já haviam ficado acordadas durante muitas noites, comendo pizza e assistindo a filmes de terror. Agora, o longo cabelo ruivo de Alethea estava preso em um elegante rabo de cavalo, o que ressaltava os delicados traços de seu rosto e aqueles olhos verdes que Lil havia passado metade de sua vida invejando.

Ela entrou na cobertura e passou rapidamente os olhos pelo lugar antes de focar sua atenção de novo na amiga e falar:

— Onde está meu bebê favorito?

Lil passou Colby para o colo de Alethea e se arrepiou quando a amiga a jogou para o ar, fazendo a bebê dar gargalhadas. Quando Colby parou de rir, Alethea a jogou de novo e elas riram juntas.

— Por favor, não deixe ela cair — Lil avisou.

Alethea revirou os olhos dramática e ironicamente, e falou para Colby:

— Agora, sua mãe deu para se preocupar. E a culpa é sua! — Moveu um dedo em frente da criança, que continuava rindo, e lhe fez cócegas dizendo — De quem é? É sua, loirinha.

Lil a levou até o salão. Como seria de esperar, Alethea quis logo conhecer o apartamento todo. Depois, voltou à sala e se sentou em um dos confortáveis sofás, com Colby nos joelhos.

— Nossa! Foi superdifícil entrar aqui.

Lil colocou um pé debaixo do corpo, se sentindo incomodada por sua saia justa, mas não ligando para o desconforto.

— Por que você não pediu na recepção para eles interfonarem?

— Que graça isso teria? — Alethea fez uma careta para Colby, rindo junto com a bebê. — Você sabia que tem uma equipe de segurança pessoal nos fundos do edifício?

— Pois é, e aparentemente eles não são muito bons, já que você está aqui.

— Ainda está para se inventar o sistema de segurança capaz de me parar. — Alethea estava respondendo às perguntas de Lil, mas em um tom que fazia Colby gargalhar.

— Você se esqueceu... — Lil disse.

— Isso foi no ensino médio, Lil. Eu ainda não conhecia todo meu potencial. — Perante a expressão azeda de Lil, ela falou — Não faça eu me desculpar de novo. Nossa! Eu fiz com que você fosse presa uma vez e você me lembra disso a toda hora.

Rir a encorajaria mais ainda. Lil mudou de posição, pois suas pernas estavam ficando dormentes.

— Você deveria ter entrado para o FBI. Você precisa ser monitorada.

— Eles não teriam conseguido me domar, mas não se preocupe, eu ganho mais dinheiro trabalhando por conta própria. Bom, mas me conte, o que aconteceu com você? Tiraram você da sua casa, no meio do dia, e acha que não tem que me ligar para contar?

Lil alisou a saia, ganhando tempo.

— Eu não fui forçada a sair de lá — respondeu.

— Sério, você está sob algum tipo de prisão domiciliar?

Apesar de se sentir tentada a dizer que sim, Lil admitiu, a contragosto:

— Não! Dominic simplesmente acha que eu e Colby estamos correndo perigo depois que minha entrevista despertou tanto interesse na mídia. — Lil estremeceu.

Sua amiga não parecia surpresa.

— Ele está certo. Seu rosto está por todos os cantos. E sua irmã não poderia ter encontrado um namorado mais badalado.

— Mas eu não sou...

— Não interessa se você tem dinheiro ou não. O que interessa é seu potencial valor para Dominic.

Lil ficou imaginando o que ele teria pensado sobre ela, já que ele mandou Jake para *consertar* o assunto.

— Bom, essa semana, pelo menos, tenho certeza de que meu valor não é grande.

Alethea revirou os olhos.

— Eu teria trazido um vinho se imaginasse que isso seria uma festa da piedade. Você sabe como eu odeio quando você faz a mártir para cima de mim.

Lil olhou para ela de um modo que só se pode usar abertamente com uma pessoa que é nossa amiga há mais de uma década.

Alethea não ficou intimidada.

— Pode olhar para mim como você quiser. Mas, muito provavelmente, eu serei a única pessoa que não vai xingá-la quando você disser o quanto é horrível ser forçada a uma vida de luxo e prazer. Como você conseguirá sobreviver com todos esses criados ao seu redor e em um bairro de classe alta? *Não, não, eu quero pagar minha própria faculdade. Você não pode me obrigar a aceitar seu dinheiro, Dominic.* — Alethea imitou a voz de Lil ironicamente.

— Cale a boca. Não é nada disso. — Lil bateu a mão, com força, no braço da cadeira.

Alethea a encarou, sem dizer nada.

Lil falou:

— Ok, eu entendo que tudo isso seria maravilhoso para algumas pessoas, mas eu não quero continuar devendo alguma coisa para alguém. Estou cansada de ser aquela que não sabe, que não pode saber, que todo mundo pensa que não é capaz de sobreviver sozinha. Eu cometi erros. E continuo cometendo erros. — Lembrar a facilidade como havia caído nos braços de Jake a fez se sentir quase tão desconfortável como entender que desejava ter alguma coisa mais séria com ele. Mas ela continuou a falar, cada vez mais alto — Enormes e estúpidos erros. Eu admito. Mas eu não preciso ser assim. Eu posso mudar.

Perante tanta emoção, Alethea se interessou:

— O que você fez?

— Nada — Lil respondeu, se esforçando para conter as lágrimas de frustração. Ela não tinha certeza de poder admitir a plenitude de sua loucura, mesmo para sua melhor amiga.

— Você vai contar agora — Alethea ordenou, sorrindo. — Você sabe que eu estudei métodos de interrogatório. Eu posso usá-los contra você.

— Às vezes você me assusta um pouco, Al.

A amiga riu.

— Vamos, me conte.

Lil deixou sua cabeça cair sobre a almofada que estava atrás dela.

— Eu transei com Jake.

Alethea levantou uma mão:

— Aleluia!

Lil respondeu, espantada.

— Como você pode dizer isso?

— Vejamos! Faz um ano, minha melhor amiga foi dispensada por um bobalhão. Ela jurou não querer mais nada com os homens e deixou de curtir uma boa aventura para se tornar uma triste solitária. O universo lhe enviou não apenas um dos homens mais *sexy* do planeta, mas também um dos mais ricos, e ela aproveita a oportunidade. Sim, suponho que preciso me sentir mal por você. — O sarcasmo de Alethea foi substituído pelo humor. — Pelo menos me diga que ele é ruim de cama.

Lil corou ao lembrar.

— Não foi na cama.

Alethea assentiu e zombou:

— Ok, agora estou te odiando um pouco mais. — Mas o tom dela voltou a ficar sério. — Lil, você precisa se animar e gozar o momento.

— Oh, eu fiz isso. — Lil reconheceu e as duas caíram na gargalhada.

— Essa é a Lil que eu conheço.

Lil levantou a cabeça e ergueu as sobrancelhas quando ouviu aquilo:

— Você me acha uma vagabunda?

A resposta da amiga veio cheia de sarcasmo:

— Claro! Ter transado com dois homens aos 25 anos é a definição de prostituta. — Depois, o tom dela ficou mais sério — Além do mais, quem se importaria se você fosse uma? Vagabunda, prostituta... São apenas palavras que os homens usam para julgar o que eles não podem controlar. E, mais especificamente, são as palavras que seu ex usou quando você provou que estava conseguindo sobreviver depois que ele te abandonou. Não deixe que ele ocupe qualquer lugar em sua cabeça.

Lil deixou seu lugar e foi sentar do lado de Alethea, e apenas a abraçou. Pensou que devia mesmo ter ligado para a amiga na noite anterior, em vez de ter ficado horas se debatendo com seus pensamentos. Al sempre sabia o que dizer. Há algo melhor que uma amiga que conhece todos os nossos defeitos e, mesmo assim, nos ama?

Alethea a abraçou de volta e exigiu:

— Detalhes, por favor, detalhes.

Lil deu de ombros.

— Foi bom, mas isso não interessa. Não vai acontecer de novo. Eu não faço o tipo dele.

— Aparentemente.

— Não, sério, nós concordamos que foi um erro.

Alethea balançou a cabeça, fingindo tristeza.

— Você está dizendo que foi a primeira a falar isso?

Lil guardou o medo para si. *Ele teria falado primeiro, se eu não dissesse nada.* Às vezes, se antecipar é melhor do que levar um fora.

— Bom, o que foi que ele disse? — A amiga quis saber.

— Ele concordou que havia sido um erro.

— E depois?

— Foi embora.

Uma ruga apareceu na testa de Alethea, sinal de que ela havia achado algo intrigante.

— E você não o viu mais?

Lil desviou o olhar.

— Ele voltou logo depois para se certificar de que havia comida o suficiente, e ficou vigiando Colby enquanto eu estudava para minha prova.

Alethea caiu na gargalhada.

— Uau! Que bobinho. Você tem razão para estar se sentindo mal com toda essa experiência.

Lil não esperava que sua amiga entendesse. Alethea estava acostumada a ter todos os homens que desejava.

— Ele só voltou aqui porque Dominic pediu para ele se certificar que eu estava bem instalada.

— Sim, claro. Não porque ele está louco por você e queria vê-la de novo.

— Nada disso, Alethea.

Alethea pegou Colby no colo e voltou a fazê-la pular.

— Lil, eu entendo por que você é assim. Seus pais partiram, o Bobalhão te deixou, e agora você está sentindo que sua irmã a abandonou. Você não quer se envolver porque tem medo que esse homem também te abandone. Eu entendo. Mas enquanto você se deixa envolver em toda essa casca, você está perdendo um monte de oportunidades que podem mudar sua vida.

— Eu preciso ter mais cuidado. Preciso pensar em Colby…

— Eu respeito isso, mas você não acha que já se puniu o suficiente por apenas um erro?

Lil ficou furiosa, de repente.

— Colby *não é* um erro!

Alethea sorriu e entregou Colby para Lil.

— Exato. Então esqueça o que eu disse. — Ela se levantou e arrumou a blusa. — Bom, preciso ir testar o sistema de segurança de uma nova empresa de fibra ótica. Eu consegui o contrato através daquele moço que você apresentou para mim. Obrigada.

Lil se levantou.

— Alethea? Espera. Abby está dando uma festa no final de semana, em Nova York, e ela quer que eu vá até lá.

— Por que isso está me parecendo uma pergunta? Você sabe que deve ir.

Não era fácil admitir a verdade, mas Lil se sentia nervosa por conta da festa. Primeiro, ela achava que não conseguiria encarar Jake sozinha. Segundo, o que ela sabia sobre as festas da classe alta? Abby tinha entrado no mundo dos ricos sem problema, mas Lil não sabia como se preparar para isso.

— Você vem comigo? Não posso ir sozinha.

A amiga pareceu não concordar, e respondeu:

— Você sabe que Abby nunca gostou de mim.

Lil pegou a mão de Alethea e a apertou carinhosa e tranquilizadoramente:

— Eu falo com ela. Tenho certeza de que colocará seu nome na lista, se eu pedir.

Alethea retribuiu o aperto, distraída. Seu entusiasmo crescente ofuscava qualquer preocupação.

— Uma enorme festa na casa de Dominic Corisi?

— Não, no...

Alethea abriu um enorme sorriso.

— Soa a algo com ótima segurança.

Oh, eu não devia ter falado nada, Lil pensou.

— Não, Al. Você não pode apenas me acompanhar, como uma amiga normal? Só desta vez?

— Eu vou com você — prometeu Alethea em um tom que não ajudou Lil a se sentir melhor.

— Estou falando sério. — Lil olhou sua amiga profundamente, desejando que ela seguisse seu conselho pelo menos uma vez. — Não tente contornar a segurança dele. Dominic leva sua privacidade muito a sério. Você pode se machucar.

Alethea se endireitou, orgulhosa, jogando a cabeça de um jeito que lembrou a Lil um cavalo selvagem.

— Ou posso conseguir entrar e imagine só os contratos que conseguirei depois disso.

Lil gemeu.

— Estou imaginando vários finais e nenhum deles é bom.

— Eu tenho seu número, ok? — Alethea fingiu marcar o número de Lil. — Ao primeiro sinal de problema eu vou fingir que estou perdida e ligo para você. Isso a faz se sentir mais calma?

— Na verdade, não. — Lil suspirou. — Você é doida, sabia?

— Sorte minha! Esse era um pré-requisito da nossa amizade, lembra?

— Você se acha muito engraçada, né? — Lil abraçou a amiga apenas com um braço.

Alethea retribuiu o abraço e deu um beijo na bochecha de Colby.

— Nos vemos em Nova York, Lil.

Aparentemente nada mais pararia sua amiga naquele momento e, por isso, Lil avisou:

— É no...

Alethea a interrompeu antes de sair da cobertura:

— Não me conta. Você sabe que eu sempre acho mais divertido descobrir sozinha. Oh, e não se esqueça de ligar para sua irmã.

Nessa mesma noite, alguns minutos depois das oito horas, houve outra batida na porta. Lil olhou para sua camiseta velha e seus shorts esportivos. Ela não estava arrumada para receber visitas, estava vestida para, com a tigela de pipocas que acabara de fazer, assistir ao filme piegas que acabara de escolher.

Por que este lugar tem interfone se ninguém usa?, pensou Lil abrindo a porta.

Jake!

O lindo e perfeitamente arrumado Jake. Aquele homem devia ter nascido já usando terno escuro. A mão de Lil fugiu instintivamente para a parte de trás de seu pescoço, pegando os cachos de cabelo que haviam se soltado do laço frouxo.

Ele parecia tão irritado quanto sua voz:

— Poderia ser qualquer pessoa. Nenhum sistema de segurança vai funcionar se você continuar abrindo a porta para qualquer um.

Lil se sentiu tentada a lhe contar que sua "segurança" já havia falhado uma vez naquele mesmo dia, mas conseguiu segurar a língua. Mas não se preocupou em frear seu sarcasmo:

— Oi, Jake! Que bom ver você, também. Achei que tinha voltado para Nova York.

Ele fez uma careta.

— Voltei.

— Você esqueceu alguma coisa aqui? — Ela perguntou docemente. Era errado ela ter esperança de que aquele homem não fosse perfeito?

Ele balançou a cabeça e caminhou na direção dela, decidido. Lil sentiu os pelos de sua nuca se arrepiarem e ela mordeu o lábio. Havia alguma coisa de diferente nele, naquela noite. Algo de perigoso e, ao mesmo tempo, incrivelmente sexy.

Ela deu um passo para trás.

— Onde está Colby? — Ele perguntou suavemente, continuando a se aproximar.

— Ela está dormindo — Lil respondeu, a voz rouca. *Exatamente onde eu deveria estar*, ela pensou. *Sozinha*, acrescentou, tentando acalmar sua libido em fúria.

Ele avançou até que eles ficaram tão perto que ela podia ver o desejo queimando nos olhos dele.

— Eu tenho compromissos em Nova York. Reuniões marcadas. Documentos que preciso preparar antes do final de semana. Não tenho tempo para isso — ele falou com a voz rouca também.

Lil engoliu em seco, nervosa, sentindo o desejo crescer dentro dela. Ele havia mesmo falado o que ela estava pensando?

— Mas eu estou aqui. — Ele colocou as mãos em torno da cabeça dela, a puxando para mais perto, a fazendo olhar direto nos olhos dele.

Lil passou a língua pelos lábios.

Sim, você está aqui, ela pensou.

— Em Nova York não estou conseguindo me focar. Apenas consigo pensar nisso... — Ele baixou a cabeça e se entregou. Sua língua deslizou por entre os lábios dela, provocando uma resposta imediata e avassaladora de cada centímetro de Lil. A saboreou, a devorou, e ela jamais se sentia satisfeita; o recebeu apaixonadamente. Suas mãos deslizaram por baixo do paletó dele, segurando os músculos bem delineados de suas costas. Ele colocou a mão nas costas dela e a puxou mais contra seu corpo, a encaixando no dele, excitado. — É isso.

Nossa! Eu também!, Lil pensou, suspirando e seu corpo se colou no dele. No entanto, ela teve um momento de lucidez e falou:

— Não havíamos concordado que isso era um erro?

Ele lhe explorou o pescoço com os lábios, brincando com a ponta da língua logo abaixo da orelha dela. A excitação de Lil cresceu mais ainda quando ela lembrou como o hálito quente de Jake havia aquecido o interior de suas coxas e outras partes de seu corpo, que agora mesmo pulsavam e pediam a sua atenção.

— Você pode dizer que quer que eu vá embora. — As mãos fortes dele desmentiam suas palavras, agarrando-a, procurando a entrada do corpo dela por debaixo das roupas. — Diga, e eu vou.

Eu deveria, Lil pensou.

Já nada disso fazia mais sentido.

Ele não havia lhe feito promessa alguma mas, estranhamente, era isso uma das coisas que ela achava mais excitante. Ela não teria acreditado em declarações. Aquilo era verdadeiro. Aquilo era o que os homens queriam e, naquele momento, ela não podia negar que era também o que ela estava querendo. Ela queria se perder nas esmagadoras sensações que a proximidade dele lhe provocava, se afogando naquela enorme paixão.

Uma das mãos dele deslizou sob os shorts dela.

— Olhe para mim — ele ordenou.

Lil recordou a primeira vez que eles estiveram juntos. Apesar de ter sido maravilhoso, Jake havia se entregado muito pouco, e nada havia revelado. Dessa vez ela estava querendo mais. Ela exigiria mais.

— Só vamos transar de novo com uma condição — ela falou, ofegante e brincando com os botões da camisa dele.

— Fale.

— Dessa vez quero jogar um jogo — ela anunciou e olhou para ele por entre seus cílios.

— Um jogo? — A cabeça dele se afastou um pouco. — Eu não faço nada envolvendo prisão ou dor.

Ela deu um tapinha no peito dele:

— E você acha que eu faço?

Ele se inclinou para lhe acariciar o pescoço:

— Não sei. — A mão dele deslizou de novo para a cintura dela, desceu um pouco mais, avançando por dentro da calcinha de seda, e apertou sua bunda com força. — Mas estou querendo saber. Estou querendo saber tudo o que diz respeito a você.

Ela sorriu.

— Perfeito, então, você vai adorar esse jogo. — Ela deu um passo atrás, se afastando dele. — Você já jogou Verdade ou Consequência?

— Não! — Ele confessou e sua expressão e seu tom de voz revelaram a frustração por Lil ter introduzido um diálogo em um momento com uma carga sexual tão alta.

— Bom, isto é uma variação desse jogo. Verdade ou Despindo. Eu faço uma pergunta, e se você não quiser responder, tira uma peça de roupa.

Ele se aproximou novamente, mas Lil se afastou.

— Uma peça da sua roupa — ela esclareceu.

— Não seria simplesmente mais agradável que você deixasse eu te explorar ? Da última vez eu perdi alguns lugares, e estou querendo consertar isso.

A proposta era bem tentadora, mas ela se afastou ainda mais e balançou a cabeça:

— Vou começar com uma pergunta bem fácil. Você tem um segundo nome?

— Não — ele respondeu e avançou na direção dela.

Lil contornou o sofá e, com os móveis entre eles a protegendo, ela mandou:

— Agora é sua vez. Me pergunte alguma coisa.

— Você sempre precisa tornar as coisas mais difíceis do que elas são? — Ele perguntou e caminhou em volta do sofá.

Ela fugiu na direção oposta:

— Boa pergunta! Isso vai ajudar você a me conhecer melhor.

Ele avançou de novo e falou docemente:

— Estou tentando conhecer você melhor.

Dessa vez ela ficou onde estava, imóvel.

Ele manteve a distância, mas o calor de seus olhos sugeria que o jogo era excitante para ele. Ser forçado a jogar segundo as regras dela era terrivelmente excitante para os dois. Ele falou com voz rouca:

— Você passou na prova?

— Acho que sim — ela respondeu alegremente, adorando a ideia de que em breve aquilo acabaria e ele iria possuí-la ali mesmo, no chão. As coxas de Lil tremeram com esse pensamento, antecipando a sensação de estarem enroscadas em volta dele, o recebendo dentro dela.

Como ela continuava com todas as suas roupas, ele propôs:

— Vamos esquecer o jogo.

— Vai melhorar — ela prometeu, sabendo que seria assim. A primeira vez deles tinha sido incrível e Lil já estava úmida e pronta para ele, apesar de mal terem se tocado. O incrível podia melhorar ainda mais? Ela estava querendo descobrir. — Vou dar um pequeno exemplo e vamos nos divertir um pouco. Quantos anos você tinha quando transou pela primeira vez?

— Dezessete — ele respondeu, parecendo um pouco mais interessado no jogo. — E você?

— Vinte e um — ela disse. *Dezessete, é?*, pensou Lil, *vou querer saber desses detalhes mais tarde*. Naquele momento ela não estava querendo outra mulher no meio deles. — Quantas mulheres você teve?

Jake despiu o paletó.

— E você, quantos homens teve? — ele quis saber.

— Um — respondeu Lil, mas se corrigiu rapidamente — Bem, dois, se eu contar com você.

Ele não gostou do comentário, e também não gostou de ver que Lil continuava sem tirar peça alguma de roupa.

— Conte comigo — ele resmungou.

Lil sorriu. O ego dele era bem sensível.

— Você tem irmãos? — Ela quis saber.

— Não — ele disse, e depois perguntou — Você se masturba?

— Claro que sim! — Ela respondeu com sinceridade. — E você?

Ele tirou a gravata e se mostrou cada vez mais chateado com a brincadeira.

— Esse jogo não é justo. Você sempre responde a todas as perguntas — Jake protestou.

Vamos fazer ele sofrer um pouquinho mais. Lil o desafiou:

— Errado! Para saber aquilo que eu não direi, você precisa me conhecer melhor, não?

Uma expressão estranha passou pelo rosto dele, como se finalmente tivesse entendido que o jogo era bem mais do que uma tática. Naquela noite ele teria que conquistar o prazer. Ela julgava que um homem como ele gostava de desafios, e estava certa. Por um momento, ele considerou a situação e respirou, sorrindo.

— Você pensou em mim quando estava fazendo isso da última vez?

Ela tirou a blusa e a deixou cair no chão.

O sorriso dele se alargou.

— Você tem namorada? — Ela quis saber.

— Não — ele disse simplesmente e Lil acreditou. — Você tem namorado?

— Não — ela disse. E então ela perguntou algo que a estava intrigando há semanas — Por que você foi jogar boliche comigo naquela primeira noite?

Ele pareceu hesitar entre responder ou despir uma de suas roupas, e então falou:

— Porque você é a mulher mais bonita que eu vi em toda minha vida.

Ela levantou uma sobrancelha, cética:

— Nesse jogo a gente precisa falar a verdade, você sabe.

Ele se aproximou e acariciou seu rosto com a mão.

— Não estou mentindo. — Ele percorreu o rosto dela com um dedo, explorou suavemente a curva de seus lábios e perguntou — será que eu entendi mal sua intenção lá na ilha? Você estava se oferecendo para mim?

Lil tirou os shorts e os jogou no chão. Ele lhe explorou os quadris, agora nus.

— Onde moram seus pais? — Ela quis saber.

A mão dele se deteve.

— Eu não falo sobre meus pais. — A reação dele foi tão forte que quebrou o clima do momento.

Aquela era mais uma questão que Lil ia querer discutir mais tarde. Mas agora ela precisava suavizar o ambiente:

— Sua camisa, por favor.

Jake sorriu de novo. Desabotoou a camisa bem devagar e também a jogou no chão.

— Qual é seu maior medo?

Lil abriu o sutiã e o deixou cair. Ouviu como a respiração de Jake se acelerava, revelando o poder que ela tinha sobre ele.

— Já esteve apaixonado? — Ela perguntou, aproveitando a intimidade entre eles.

— Não — ele disse, pousando uma mão sobre um seio dela, passando o dedo sobre o mamilo ereto. — E você?

De repente, por causa das carícias rítmicas dele, Lil sentiu dificuldade em se focar no que Jake estava perguntando. Seu outro seio gritava por carícias. Ela lutava para manter o controle.

— Uma vez eu achei que estava, mas me enganei.

A mão dele parou.

— O pai de Colby?

Ela sorriu tristemente:

— É minha vez de perguntar.

Ele se inclinou e sugou o outro peito dela, o circulando com a língua, como seu dedo estava fazendo no outro. Ela chupou suavemente um dos mamilos dele, atirando a cabeça para trás, cheia de prazer, quando as carícias continuaram, em simultâneo, parando de tempos em tempos para esfregar ou lamber a ponta. A boca dele abriu caminho até o pescoço dela e depois até a orelha, murmurando:

— Ele foi um idiota.

Ela fechou os olhos:

— A idiota fui eu.

Ele a puxou completamente contra seu corpo, enrolando os braços na cintura dela, o peito nu dele contra o peito nu dela, esperando até que ela se atreveu a olhar para ele e só então Jake falou:

— Não, você é impetuosa e sempre fala o que pensa, mas isso não faz de você uma idiota.

Como a ternura havia se metido no meio deles? Lil não queria dar importância a isso porque ela simplesmente não queria sofrer quando Jake desse as costas e seguisse seu caminho. Mesmo assim, ela não evitou perguntar:

— Você já fez isso? Se envolver, simplesmente... Mesmo sabendo que você não deveria... Só porque não conseguiu resistir?

— Já — ele respondeu, olhando bem dentro dos olhos dela — Com você! — Ele a beijou suavemente. — Você me deixa louco e eu não consigo ficar longe de você.

— Tire sua calça — mandou Lil.

— Isso não é uma pergunta.

— Também não é uma opção.

Ele riu e se inclinou para beijá-la novamente, mas ela virou a cabeça. Quando ele levantou a cabeça, confuso, ela passou a mão sobre a barba que apenas estava começando a se mostrar através de seu rosto perfeitamente liso.

Ela disse:

— Sua calça.

Um excitado rubor se espalhou pelo pescoço e pelo rosto dele. Jake rapidamente se livrou do resto de sua roupa e voltou para sua posição inicial, desta vez empurrando seu sexo ereto contra o dela. Ele se curvou para remover a calcinha de Lil, a enchendo de beijos por todo o corpo, enquanto a despia.

Quando ela ficou nua, ele se ajoelhou e a segurou pelos quadris. E as suas mãos poderosas buscaram e adoraram cada centímetro do corpo dela.

Com um movimento brusco, ele levantou uma perna de Lil e a pousou sobre seu ombro, abrindo o centro do corpo dela bem na sua frente, para saborear o seu sexo com a boca. Lil se segurou na cabeça de Jake quando a língua dele a invadiu. E cada lambida estava sendo estratégica, o que fazia a cabeça dela pender para trás, em êxtase.

Quando ele terminou, eles se beijaram, e esse beijo tinha o gosto da excitação dela, algo que a deixou louca de desejo e a fez ajoelhar na frente dele, retribuindo o prazer que Jake acabara de lhe dar. Lil sentiu como o sexo dele aumentava, e Jake se movia com prazer enquanto ela o sugava. Ela o acariciou em sua área mais sensível, e o ouviu gemer. Os músculos das pernas de Jake estavam bem tensos. Quando ela achou que ele não iria aguentar mais, Lil parou e transferiu seus beijos para sua barriga.

— Você me mata — ele falou, com a voz rouca.

— O que você quer, Jake? — ela perguntou, já sabendo a resposta, mas precisando o ouvir falar.

Ele a levantou e respondeu:

— Eu quero você agora, ou a quero fazer minha.

Ela o olhou nos olhos e desafiou:

— Então faça. Vamos, agora, me faça sua agora.

Ele a tomou nos braços, posicionando-a de maneira que as pernas de Lil envolvessem o corpo dele, e a penetrou profundamente. Ela atirou a cabeça para trás com um grito de prazer. Ele deu dois passos até à parede e a encostou ali mesmo, deixando-a suspensa no ar, enquanto a penetrava cada vez mais fundo, mais fundo.

Uma onda de calor se espalhou pelo interior de Lil, transbordando para fora de seu corpo, a fazendo vibrar com cada impulso do corpo de Jake. Ela jamais havia imaginado que seria possível sentir tanto prazer. Não existia mais ele ou ela... Naquele momento eles eram apenas um, com um sentimento selvagem de liberdade.

O orgasmo dele chegou quando o dela estava quase terminando.

— Você gozou? — Ele quis saber. E ela mordeu o lábio. Para que falar depois de tanto prazer?

Ele a beijou com paixão e manteve o sexo dentro do dela.

Sem responder, Lil sabia o que ele estava querendo. Então ela se enroscou mais em torno do corpo dele e apertou seus músculos interiores contra o sexo dele, buscando um ritmo confortável que o trouxe de novo à vida. E ela não apenas renasceu com ele, como se sentiu estimulada por um modo novo e maravilhoso.

Ele deslizou para fora dela, a carregou em seus braços e a colocou de bruços em um dos lados do sofá. Lil olhou por cima do ombro e se arrepiou quando as mãos de Jake se cravaram em seus quadris, a mantendo imóvel enquanto seu pênis brincava com o sexo dela. Ele beijou a sua nuca, e depois as suas costas, seu hálito quente lhe fazendo cócegas. Quando ele alcançou a bunda com os lábios, se endireitou e colocou um dos pés no meio dos pés dela, os afastando, impaciente.

Jake deslizou um dedo dentro de Lil e continuou beijando a parte traseira das suas coxas. Ficou entrando e saindo dela, até que Lil se agarrou com as duas mãos no sofá e ficou pronta para ele. Quando se encaixou, ela o sentiu, de novo ereto, contra suas pernas.

Ele a penetrou de novo, as mãos nos quadris dela, a puxando contra seu corpo, exigindo um ritmo entre eles que Lil não podia e muito menos queria impedir. A primeira transa havia sido fantástica, mas essa estava sendo melhor ainda, e o orgasmo final dela foi tão intenso e devastador que a fez tremer inteiramente. Lil não se conteve e gritou, e Jake a penetrou mais ainda, com um último impulso.

Jake pegou Lil, a voltou para ele e ficou sentado no sofá, a aconchegando em seu colo.

— Jamais voltarei a olhar esse sofá da mesma maneira — ela brincou, contra o peito nu dele.

— Sssssh — ele disse, sorrindo.

Em união, a respiração deles foi voltando lentamente ao normal.

De repente, um pensamento o fez ficar completamente tenso.

— Não usei camisinha.

— Merda! — Lil disse, se endireitando no colo dele. — Você tem razão.

Ele passou uma mão pelos olhos, como se estivesse jogando para longe sua preocupação.

— Eu jamais havia me esquecido disso.

Lil já, e por isso há muito que tomara suas próprias medidas.

— Não se preocupe, eu sempre tomo pílula.

— Mas não é só por isso — distraído, ele ficou brincando com o cabelo de Lil, espalhado pelas costas da moça.

— Você tem alguma doença que eu deva saber? — Ela brincou.

Ele sacudiu a cabeça e a encostou contra seu peito.

— Não, mas não usar foi completamente irresponsável e eu...

Dessa vez, foi ela quem ficou tensa. Provavelmente, ele estava bem mais preocupado com alguma doença que pudesse pegar dela do que o contrário.

— E você sempre é responsável. Ao contrário do que acontece comigo. Eu sei. Já entendi.

Ele a acalmou, como se faz com as crianças, passando suavemente a mão pelo cabelo dela e depois segurando seu queixo.

— Não estou julgando você. Só estou questionando minha própria sanidade mental.

O comentário não fez Lil se sentir melhor.

— Não sei se essa outra opção é muito reconfortante — ela tentou se libertar dos braços dele, mas a tentativa foi frustrada.

— E se alguma coisa acontecer por causa de hoje? — ele perguntou, em seu tom tão irritantemente racional.

Lil finalmente se soltou do abraço e ficou de pé.

— Você está querendo dizer se eu ficar grávida? Uau! Você sabe como cortar um clima.

Tudo o que um momento antes havia parecido tão certo fazia agora Lil se sentir vulnerável e desprotegida. Ela estava colocando sua blusa quando ele a deteve, se colocando na frente dela e pousando as mãos sobre seus ombros.

— Estou falando sério.

Ela revidou:

— Eu também! Se alguma coisa acontecer por causa de hoje, isso é problema meu, não seu.

— O que você quer dizer com isso?

O medo veio à tona, com raiva.

— Nós nem estamos namorando. Nós estamos apenas fodendo.

Jake ficou sério.

— Você está fazendo tudo isso parecer sujo.

Ela tentou se afastar, mas ele a segurou, querendo fazê-la ouvir o que tinha para falar.

— Eu jamais abandonaria você com um bebê... Com *meu* bebê.

— Existe zero de possibilidade de eu interromper uma gravidez.

As mãos dele apertaram um pouco mais os ombros dela.

— Eu sei disso. Eu tomarei conta de você. Você vai morar comigo.

— Você está falando sério? — ela brincou. O olhar firme de Jake segurou o olhar dela. — Oh, meu Deus! Você está mesmo falando sério. — O coração de Lil pulou dentro do peito. — Mas eu não estou grávida, então, não precisamos ter essa conversa.

— Você pode estar e nós vamos morar juntos, sim.

Lil balançou a cabeça com força.

— Mesmo que você tenha superesperma e que eu já esteja grávida, não tem como eu ir morar com você assim.

As mãos dele se acalmaram, e ele acariciou os ombros dela.

— Você está certa. Nós precisamos nos casar.

Lil o interrompeu.

— Pare! Pare agora! Está doido? Eu não estou grávida. Nós não vamos nos casar. E isso que existe entre nós é apenas...

— Não diga isso — ele pediu, com as mãos tentando acalmá-la.

Lil parou.

Os olhos dela encontraram os dele, e depois Lil desviou seu olhar, incapaz de decifrar as emoções que estava vendo.

— O que acontecerá se você não falar nada? — ele perguntou.

Ela estudou o peito dele, amplo e suavemente coberto de pelos.

— O que acontecerá se eu também não falar mais nada? — ele continuou. — E se nós simplesmente deixarmos rolar para ver o que acontece? — ele acariciou o rosto dela com um dedo, pensativo, como se estivesse tentando resolver uma equação.

Lil sentiu sua garganta ficar seca, a impedindo de falar qualquer coisa.

— Me deixe ficar aqui com você, esta noite — ele pediu, e Lil ficou em pânico.

Ficar a levaria a querer acreditar. E acreditar apenas a levaria a sofrer. Por que arrastar tudo isso ainda mais? Lil acabou de colocar a blusa e vestiu rapidamente a calcinha. Jake era perigoso porque ele ameaçava o caminho de sensatez que Lil havia escolhido para ela. Por que ela não podia ter conhecido Jake antes, quando agia sem pensar nas consequências? O universo tinha um senso de humor bem cruel.

— Há apenas uma cama preparada e o berço está nesse quarto — ela disse, entregando a ele sua roupa. — Você não pode ficar.

— Venha comigo para Nova York — ele falou, enquanto se aproximava dela, sem jamais afastar os olhos de Lil. — Não hoje, amanhã. Você e Colby podem ficar comigo, na minha casa, enquanto vemos o que acontece.

Era bem tentador, mas essa não era a vida que Lil estava querendo para ela e para sua filha.

— Eu não posso fazer isso, Jake. Eu sei que fica difícil de acreditar, mas eu estou tentando tomar decisões mais corretas. Para mim, para Colby e para nosso futuro. Ir morar com você não é uma boa decisão.

Jake se abaixou para pegar do chão a camisa amarrotada; a vestiu e abotoou distraidamente.

— Eu posso tomar conta de vocês, de vocês duas. Você nunca aceita nada.

Ele estava oferecendo tanto e tão pouco ao mesmo tempo.

— Você ainda não entendeu, Jake. O que eu estou querendo não pode ser comprado. Eu quero me olhar no espelho e me respeitar. Eu quero ser uma mulher forte, independente, para que Colby cresça sabendo o que realmente é importante na vida. — Ela lhe deu as costas. — Até hoje eu não consegui fazer isso. Que exemplo estou sendo para Colby? Eu mal conheço você e olhe só o que andamos fazendo.

Ele se aproximou e lhe acariciou as costas com uma mão quente.

— Seja o que for que está acontecendo entre nós, Lil, isso não muda o fato de você ser uma mãe maravilhosa.

Não seja querido, Jake. Eu não quero me apaixonar por você, Lil pensou.

— Eu gostaria de acreditar nisso — Lil murmurou.

Jake envolveu a cintura de Lil com seus braços e a puxou contra ele, falando suavemente em seu ouvido.

— Sinto inveja da sua filha. Ela tem uma mãe que a ama orgulhosa e incondicionalmente. Isso é o melhor que você dá a ela. Me querer não faz você ser fraca ou dependente. Eu não sou um menino, Lil. Você não pode me mandar embora com seu sarcasmo ou mudar aquilo que eu estou querendo. Eu não sei o que está existindo entre nós e não sei se isso vai durar para sempre, mas não é algo vulgar, Lil.

Ela olhou para ele.

— Então o que é?

Ele ficou calado durante um momento, depois falou:

— É preciso darmos um rótulo para nossa relação para você se sentir confortável? Me chame de seu namorado. Me chame de seu amante. Não importa.

Lil deu as costas novamente, livrando-se do abraço de Jake.

— Para mim importa. E eu também não estou querendo um rótulo vazio.

Ele a pegou por um braço e a obrigou a olhá-lo.

— O que você quer, Lil?

Ela balançou a cabeça e se recusou a olhar para ele. *Quero o estúpido conto de fadas*, mas quem seria capaz de admitir isso? Ela queria ser amada, desejada, acarinhada – tudo isso que ela tão veementemente negava. Mas a única resposta que foi capaz de lhe dar foi:

— Quero mais que isso.

— Você quer que eu minta? Quer que eu fale alguma coisa que ainda não significa nada para nós dois? — A mão dele apertou um pouco mais o braço dela.

Lil se afastou.

— Eu já fiz isso, sei como funciona.

Ela se afastou ainda mais, mas Jake a seguiu, segurou o seu queixo e a obrigou a encará-lo.

— Eu não sou seu ex, Lil.

Se sentindo encurralada, ela retrucou:

— Não, você não é meu ex. Você sequer é meu atual. Nós não somos nada um para o outro a não ser uma má decisão. Agora, eu gostaria que você fosse embora.

— Lil...

Lil estava querendo sentir a dor toda de uma vez só. Por isso, continuou o agredindo com suas palavras.

— Estou falando sério, Jake. Nós não estamos fazendo bem um para o outro. Somos muito diferentes. Esta... Esta atração entre nós é algo que seria melhor negarmos.

— É isso que você está querendo, realmente? — Ele soou quase triste.

— Sim, é isso que eu quero.

— Eu não estou arrependido de ter voltado aqui.

Não seja tão querido, Jake! Era bem fácil aceitar o pouco que ele estava oferecendo para ela e confundir a gentileza dele com aquilo que Lil mais desejava dele.

— Eu também não estou arrependida, mas a partir de agora nós precisamos nos manter afastados.

Ele a olhou como se quisesse beijá-la de novo, mas, em vez disso, falou:

— Isso ainda não acabou.

Sem que ela pudesse evitar, uma pergunta se soltou de seus lábios, fazendo-a se arrepender imediatamente:

— Você vai à festa de Abby e Dominic no final de semana?

— Vou — Jake simplesmente respondeu.

Lil mordeu o lábio inferior, para evitar abrir a boca novamente. Ela não queria se sentir feliz o ouvindo dizer que eles se veriam de novo nessa ocasião.

Sou uma idiota!

Ela caminhou até à porta e a abriu.

Jake a seguiu, mas parou bem na frente dela. Inclinou-se e a beijou com paixão, a fazendo querer negar tudo o que acabava de dizer, e a procurar rápido uma babá para ficar com Colby naquela noite. Ela encostou seu corpo no dele.

Ele se afastou suavemente.

— Então, nos vemos na festa.

— Sim — ela murmurou.

— Me ligue se você mudar de ideia — ele disse, e ela se odiou por ser incapaz de esconder a atração que sentia por ele.

— Não mudarei — Lil respondeu, determinada.

Depois de um suave último beijo, no rosto dela, ele sorriu, cruzou a porta e avisou:

— Pode mudar, sim.

Lil fechou a porta e ficou ali por um momento, segurando o trinco para conseguir se manter de pé.

Não posso.

NOVE

No meio da noite, o agitado sono de Lil foi interrompido por seu celular vibrando, ao lado da cama. Ela resmungou e se virou, colocando uma almofada sobre a cabeça. Tempos atrás, a madrugada era uma hora como outra qualquer para conversar com os amigos ou beber, mas a maternidade altera o relógio biológico de uma mulher. Ligar no meio da noite também poderia ser chamado de é-bom-que-isso-seja-mesmo-importante-porque-se-Colby-acordar-eu-*mato-você*.

O celular vibrou de novo, Lil afastou as mantas, pegou o telefone e foi atendê-lo na sala. No visor apareceu o nome de Alethea. Ela jamais ligaria àquela hora se não fosse superimportante.

Lil se jogou no sofá.

— Você precisa de alguma coisa?

— Eu a acordei? Desculpe, mas é bem urgente — Alethea falou. — Estamos com um problema. Eu estive pesquisando essa festa que sua irmã está planejando para sábado e há alguma coisa errada com isso.

Lil esfregou os olhos com uma das mãos, tentando acordar.

— O que você está dizendo?

Alethea falou a uma velocidade que pareceu alta demais para a sonolenta Lil.

— Estão rolando alguns boatos na comunidade hacker, alguma coisa bem grande está para acontecer e a festa é apenas um disfarce para isso.

Lil se virou no sofá, abrindo a boca e os olhos se fechando, e disse:

— Você sempre acha que alguma coisa suspeita está acontecendo.

— E eu sempre tenho razão — a amiga falou, impaciente. — Eu sei que sua irmã está apaixonada, mas vocês não sabem com quem se meteram. Dominic não fez sua fortuna jogando limpo, e Jake não andou atravessando o país de um lado ao outro, nessa última semana, em busca do presente de noivado perfeito. Tudo nos leva a essa festa e alguém com quem ele falou recebeu propina. Não a suficiente, eu acho, já que está havendo todo esse falatório.

— Talvez eles estejam planejando uma surpresa para Abby — Lil murmurou.

— Ou talvez sua irmã esteja em perigo.

Isso acordou Lil completamente. Os olhos dela se abriram e ela se sentou no sofá.

Alethea continuou:

— E se Dominic está usando sua irmã para esconder alguma coisa? O noivado deles pode ser uma farsa. Pior ainda, e se sua irmã for pega no meio do que está acontecendo? Ela se tornará um perigo para eles.

Lil abraçou os joelhos e falou:

— Isso é um monte de *se*. Você tem provas?

— O Jeremy tem.

— Jeremy Kater? Há muitos anos que não tenho notícias dele.

— Ninguém tem. Eu acho que ele jamais sai de seu porão. Ele não vê ninguém, também. É um pouco assustador.

— Mas ele vê você?

— Ele era gamado em mim. Nós mantivemos contato. Você lembra como ele costumava jogar videogame durante 10 horas por dia, quando a gente estava na escola? Ele levou isso a um nível completamente diferente. Virou obsessão. Mas é o melhor hacker que conheço. É assim que ele consegue todos os jogos antes mesmo de serem lançados. Às vezes eu dou um dinheiro e Jeremy me descola os planos de um edifício ou pesquisa alguma coisa de que estou precisando. Mas ele perfere ficar na sombra, por isso precisei lhe prometer mais do que dinheiro para ele hackear outros hackers.

Lil estremeceu.

— Você não fez isso...

Alethea riu.

— Não, abra sua mente. Eu prometi a ele que o ajudaria a encontrar uma namorada.

— Só isso?

— Oh, você não o vê faz tempo. Não vai ser fácil. Bom, Dominic e Jake estão mesmo escondendo alguma coisa. Você precisa avisar sua irmã.

— E o que eu falo para ela? Falo que você tem um mau pressentimento sobre a festa? — O estômago de Lil se agitou e doeu. *Isso é ir longe de mais*. — Ela vai achar que eu estou querendo implicar.

— Bom, você não pode ficar calada.

— Não temos provas. Você pode estar errada. — Lil se levantou e caminhou pela sala, nervosa. — Eu não posso me envolver nisso.

— Tá, tá bom!

Lil ficou irritada com o tom de voz de sua amiga.

— Não fale assim.

— Assim como?

— Como se você estivesse desiludida comigo. Você sabe como a coisa pode ficar feia se você estiver errada? Eu não posso fazer isso.

— Desde quando você começou a se preocupar com a possibilidade de estar errada?

Desde que eu percebi que meus atos não afetam apenas a mim e a meu futuro.

— Considerar as consequências dos meus atos não faz com que eu seja covarde. Se nós tivermos provas, nada poderá me deter, e então eu falo para Abby. Mas, Al, nós não temos certeza de nada, e eu não posso falar para Abby sem alguma coisa definitiva. Jeremy consegue isso?

— Ele pode ter acesso remoto ao computador de Jake e ver se ele deixou algum rastro de e-mail. Talvez ele tenha se descuidado, mencionando a quem pagou a propina e o porquê.

— Isso é ilegal — Lil falou.

O tom de Alethea ficou divertido:

— Bom, então, você pode encontrar Jake e perguntar se ele e Dominic estão usando sua irmã e se eles pensam em descartá-la quando não estiverem precisando mais.

— Agora você está me assustando — Lil tremeu.

Alethea falou, impaciente:

— Não, eu apenas estou tentando fazer você entender o quanto isso é sério. Nós precisamos descobrir o que Dominic está escondendo e a única maneira de fazer isso é saber o que ele mandou Jake procurar.

— E podemos fazer isso sem Jake saber o que estamos fazendo?

— Jeremy é ótimo. Ele pode fazer qualquer coisa sem deixar qualquer pista.

Oh, meu Deus! Oh, meu Deus!

Aquilo era exatamente o tipo de coisa que Lil havia prometido a si mesma jamais voltar a fazer. Mas, e se Abby estivesse mesmo correndo perigo? Ela jamais se perdoaria se pudesse impedir que algo de mal acontecesse a sua irmã, mas fosse impedida pelo medo.

— Ok, façam isso.

De repente, Alethea virou profissional:

— Jake ainda está em Boston? Nós precisamos dar um jeito de ele ficar longe do computador durante algumas horas.

— Não sei onde ele está — Lil falou, segura, e talvez um pouco rápido demais.

— Você não sabe mesmo onde ele está? — Alethea perguntou bem devagar e com crescente desconfiança. Não é fácil mentir para nossa melhor amiga.

Lil cobriu o rosto com uma das mãos, como em um gesto de arrependimento, e admitiu, relutante:

— Ele esteve aqui mais cedo.

Soando repugnantemente feliz por mais uma vez estar certa, Alethea disse:

— Oh, ele trabalha demais, vamos lhe dar uma folga. Ligue para ele de manhã e combine de encontrá-lo na quinta-feira.

Lil balançou a cabeça, apesar de saber que sua amiga não podia vê-la.

— Não posso fazer isso. Eu falei para ele que estava tudo terminado.

— Bom, agora diga que você mudou de ideia.

Lil se sentiu invadida por uma onda de emoção.

— Não é simples assim. — *Eu também falei para mim que estava tudo terminado.*

— Você quer saber se sua irmã está em segurança ou não?

— Quero.

— Então, ligue para Jake. E vá para algum lugar público, se você está assim tão preocupada em transar com ele de novo.

Lil estava mais preocupada em não se machucar.

— Tudo bem. Eu ligo, mas Jake pode ter voltado para Nova York.

Alethea riu:

— Duvido.

— Boa noite.

— Me mande uma mensagem assim que tiver combinado a hora para encontrá-lo.

— Tome cuidado, Al.

— Sempre, Lil. Sempre!

No meio da manhã, Lil desligou logo que ouviu o primeiro sinal de chamada do celular de Jake, e continuou se debatendo pelo que estava fazendo. Aquilo não era uma boa ideia. Hackear o computador de alguém era completamente ilegal, provavelmente era mesmo o tipo de ilegalidade que poderia levá-la a ser presa.

Era possível que Dominic e Jake não estivessem violando lei alguma, e isso faria de Lil e seus amigos os únicos criminosos da história.

Ou então, Alethea estava certa e Abby estava sendo envolvida em alguma coisa perigosa.

Por favor, Universo, não permita que eu esteja errada.

Mas, se eu estiver, não deixe que isso prejudique Abby.

Só dessa vez, me dê uma oportunidade, mesmo que saiba que não a mereço.

Ela ligou para Jake mais uma vez.

— Lil? — Jake perguntou, sua voz refletindo uma mescla de surpresa e preocupação.

— Oi, Jake! — *Não pense demais no que está fazendo; seja rápida, rápida!* — Você ainda está em Boston?

Ela o ouviu prender a respiração.

— Sim, eu ainda estou na cidade.

Faça isso logo. Pergunte depressa.

— Você gostaria de passar uma hora... Ou três horas... — Que inferno! Quanto tempo levaria para um hacker invadir o computador de alguém? — Bom, talvez a manhã toda comigo e com Colby, amanhã? Se você não estiver ocupado. Eu sei que você sempre está ocupado, mas não precisa ser o dia todo. Nós podemos nos encontrar para o café da manhã ou para o almoço, ou algo assim... — E ela continuou — Em algum lugar público, eu acho.

Jake ficou em silêncio por uns segundos, e Lil acrescentou:

— Poderemos tentar ser... Amigos?

— Podemos nos encontrar às nove horas?

Ela engoliu em seco.

— Seria ótimo.

— Eu busco vocês.

Ok, não pode ser pior e mais esquisito do que isso.

— Ótimo! Nos vemos amanhã, Jake.

Ele disse:

— Lil?

Ela apertou o celular com força.

— Sim?

— Fico feliz que tenha me ligado.

De repente, se sentindo trêmula, Lil precisou se sentar em uma das cadeiras almofadadas da sala. *Você não ficaria se soubesse o porquê.*

— Eu também — ela falou suavemente e desligou antes de dizer alguma coisa estúpida. *Deus, me ajude! Eu, também.*

Jake desligou o celular e sorriu.

Ela quer me ver.

O bom senso deveria lhe dizer que a melhor coisa a fazer era voltar para Nova York imediatamente, mas ele o havia abandonado alguns dias atrás.

No dia seguinte, ele queria provar uma coisa, para Lil e para ele próprio. O que existia entre eles não precisava ser vulgar, afinal ele se sentia atraído por ela em vários aspectos. Não, ele não estava querendo casar com ela, mas isso não significava que seu interesse era apenas sexual.

Decidiu ligar para Marie.

— Marie, eu ainda estou em Boston.

— Ótimo.

— Estou precisando de seu conselho sobre um assunto.

— Sobre Lil?

Não havia razão para esconder alguma coisa de Marie. Quando Jake estava preocupado, ela tinha uma capacidade incrível de saber como ele estava se sentindo antes que ele mesmo o soubesse. Ela chamava isso de intuição de mãe; algo de que ele sempre zombava, porque Marie não tinha filhos.

Jake falava o mínimo possível com sua mãe verdadeira. Seus pais não eram pessoas especialmente afetuosas, com as quais ele conversava duas vezes ao ano, por telefone, o que em sua opinião era o suficiente, e estava certo de que eles pensavam o mesmo.

Jake não conseguia imaginar Lil tendo esse tipo de relação com Colby. E essa ideia o fez sorrir. Os "quartos das sogras" provavelmente existiam para mães como Lil, que queriam estar presentes em todos os momentos das vidas de seus filhos.

— Marie, amanhã vou levar Lil e Colby para passear. — Ele hesitou no nome que devia dar para isso, mas depois encontrou o que queria — Vai ser nosso primeiro encontro.

Ele podia sentir a aprovação de Marie, mesmo através do celular.

— Oh, Jake, fico tão feliz...

Ele saía com mulheres para jantar ou para ir a festas, normalmente para exibi-las ou porque alguns eventos exigiam a presença de casais. E, para a maioria das mulheres, o que bastava era que fossem vistas com Jake, mas agora era diferente. Ele estava querendo alguma coisa especial, um dia que Lil lembrasse para sempre.

— Onde você acha que elas gostariam de ir?

— Você não estudou em Cambridge?

— Sim.

— Por que você não as levas a algum lugar que você frequentava? É uma maneira de Lil conhecer você melhor.

Jake duvidava de que Lil se interessasse por visitar a área financeira da cidade ou os corredores de uma biblioteca. Se não tivesse relação com trabalho, ele não conseguia pensar em algum lugar que tivesse algum interesse específico para ele.

Entender isso o deixou triste. Até o mês passado ele achava que tinha tudo, mas agora estava começando a se perguntar se, de fato, teria alguma coisa.

— Lil não é como as outras mulheres que eu costumo chamar para sair.

— Graças a Deus! — Marie disse e riu. — Eu falei isso em voz alta?

— Falou.

Ela estava mais impertinente do que nunca.

— Jake, eu não sei do que a Lil gosta, por isso não posso dizer aonde deve levá-la. Confie em seu instinto. Você sabe que coisas interessam a ela. Comece por aí.

— O que eu faria sem você, Marie?

— Todo o dia eu faço essa mesma pergunta para mim mesma! — ela zombou. — Agora, vá planejar seu encontro. Mostre para essa moça o homem que eu sei que você é.

— Marie, eu... — ele ia falar alguma coisa, mas parou.

— Eu sei. — Ela respondeu, entendendo o que ele estava tendo dificuldade em expressar. — Não esqueça de me contar como correu.

— Não esquecerei.

Jake sorriu.

Marie era um gênio.

Havia duas coisas que Jake sabia que Lil adorava, mas a questão era saber se ele conseguiria juntá-las. Ele usou a busca de seu celular e o bloco de notas, quando encontrou exatamente aquilo que estava procurando.

Quem diria que planejar um encontro amoroso poderia ser tão... divertido?

DEZ

Na manhã seguinte, apesar de ter se arrumado e de ter arrumado Colby, Lil vacilou. Na verdade, ela deveria dar um basta em toda aquela loucura. Ela deveria apenas falar tudo para Abby e deixar que a irmã decidisse o que fazer.

Não, colocar o peso de mais esse problema em sua irmã seria um ato covarde. Por que estragar a felicidade dela se havia uma chance de que isso tudo fosse simplesmente uma teoria da conspiração paranoica inventada por Alethea?

Alethea. A simples menção do nome de sua amiga seria suficiente para Abby descartar quaisquer alegações, a menos que houvesse prova concreta do delito.

Abby jamais havia escondido que não gostava nem um pouco da melhor amiga de sua irmãzinha caçula. E não gostava porque Alethea tinha sido expulsa de todas as escolas particulares antes de seus pais lhe terem dado uma punição: colocá-la em uma escola pública, punição que Alethea abraçara imediatamente.

Nascida em uma família de classe alta, ela não temia a autoridade, e tinha os recursos para desafiá-la. Abby havia passado muitas noites tentando explicar para Lil o perigo das diferenças entre suas situações, mas Lil havia se recusado a ouvi-la. Sim, Alethea sempre quebrava as regras e, por vezes, só para isso mesmo, para quebrá-las; e algumas de suas ideias colocaram Lil em situações difíceis. Mas, um amigo não é alguém que jamais comete erros. Um amigo é alguém que você ama apesar de todos esses erros.

E Alethea sempre fora uma grande amiga.

Na noite em que Dirk foi embora, foi para Alethea que Lil telefonou, e foi Alethea que a obrigou a comer, mesmo que só por causa do bebê que estava crescendo. Além disso, tinha incentivado Lil a ter coragem de contar para Abby que estava grávida.

Agora, olhando para trás, Abby não havia dito nada de errado quando, finalmente, Lil contara a verdade. Ela só não dissera o que Lil ansiava ouvir, que ela a amava e que iriam passar juntas por tudo aquilo. Em vez disso, ela falou coisas sobre plano de saúde, encontrar um bom médico e começar o pré-natal imediatamente.

Tudo muito bons conselhos.

E talvez essa fosse a única maneira com a qual Abby sabia lidar com o inesperado. Havia muito tempo que ela precisava ser forte, e talvez tivesse esquecido como compartilhar um momento de fraqueza.

Não fora por maldade que Lil havia escolhido Alethea para acompanhá-la em seu primeiro ultrassom, da mesma maneira que inocentemente convidara a amiga para ser sua parceira nas aulas de ginástica pré-natal. Abby tinha se magoado com essas decisões de Lil, mais ainda quando ela escolheu Alethea para estar com ela na sala de parto. Depois, as coisas tinham se tornado tão ruins entre ela e Abby que as duas irmãs mal se falavam; nenhuma delas sabendo exatamente como remediar a situação, ou se valeria mesmo a pena tentar.

Lil havia considerado a possibilidade de esclarecer tudo com Abby, mas nenhuma de suas explicações teria melhorado a situação. O fato de dar à luz era completamente assustador para Lil, portanto, queria ter ao seu lado alguém que não a julgasse pelas fraquezas que ela poderia revelar em todo aquele processo.

Então, Colby foi segurada nos braços, pela primeira vez, por uma amiga e, em seguida, por sua tia; algo pelo qual Abby ainda não havia perdoado Alethea, nem mesmo sua felicidade com Dominic a havia feito se esquecer disso e dar-lhe uma segunda chance.

A maternidade havia trazido para Lil a humildade de reconhecer que Abby não era o único "problema" de sua pequena família. Abby sempre tinha estado lá para ela, mesmo que não do modo que Lil gostaria, e ela nunca havia retribuído. Apesar de sua casca resistente, Lil sabia que suas inseguranças haviam provocado — oh, inferno! — muitas de suas ações.

Mas não era isso mesmo o que um novo dia trazia?

A chance de começar de novo?

Ela ia se tornar a irmã que deveria ter sido sempre. Dessa vez era ela quem iria salvar Abby.

ONZE

Vestido de terno, Jake Walton já era sexy o suficiente, mas o homem que tinha aparecido de bermuda cáqui e camisa polo azul tirou a respiração de Lil. E o comprimento da bermuda, que acabava no meio da coxa, necessário para estar na moda, era curto o suficiente para lembrá-la de como ele ficava com bem menos roupa.

Lil desviou o olhar.

Ela só conseguiria tomar decisões melhores quando tivesse algum controle sobre sua própria libido. Sério, Jake era apenas mais um homem. Incrivelmente lindo, sensualmente talentoso, uma inspiração para aqueles sonhos dos quais uma mulher jamais gostaria de acordar, mas isso não significava que, naquele dia, ela não poderia manter a cabeça fria.

Lil olhou de novo para ele, discretamente.

Droga.

Vestida com uma saia simples, de algodão marrom, blusa verde claro e sandálias, Lil decidiu que aquele dia seria tão doce como as roupas que havia escolhido. Ela se preparou para colocar sua filha na cadeirinha.

— Venha — disse enquanto pegava os suprimentos necessários para o passeio. — Nós estamos prontas.

Colby balbuciava feliz, sabendo que iria passear. Lil colocou a bolsa de fraldas no ombro e se abaixou para pegá-la.

A mão de Jake a deteve.

— Deixe que eu pego Colby. Aposto que está ficando pesada.

Ele sorriu para a bebê, que sorriu para ele, e Lil lutou contra o desejo de arrancar sua filha das mãos de Jake e fugir dali. Nenhuma delas deveria se apegar a Jake. Não era essa a ideia do passeio de hoje; além do mais, no dia seguinte tudo estaria terminado.

Lil respirou fundo e lembrou-se de que estava fazendo aquilo por Abby.

— Obrigada — disse ela esperando não parecer tão estressada como estava se sentindo. Ele desconfiaria se ela se comportasse como um animal preso o dia todo. *Vamos, fique calma*, ordenou a si mesma. — Não consegui encontrar o carrinho dela, espero que haja algum nesse lugar para onde nós vamos.

— Eu o encontrei, estava no seu carro.

— É claro! — Lil alisou as mãos nervosas em sua saia e pegou sua bolsa. — Então, vamos embora.

Pelo menos, a presença de Colby era uma garantia de que nada rolaria entre eles.

Trazer sua filha havia sido uma boa ideia.

Mas Jake pode ser um homem muito perigoso e agora eu coloquei minha filha em perigo também. Merda. Você está louca, Lil.

Jake jamais tinha lhe dado uma razão para pensar que poderia machucar a ela ou a sua filha. Ela estava deixando a paranoia de Alethea contaminá-la.

Pegar o elevador com ele foi doloroso, bem como esperar o manobrista trazer o carro do estacionamento. Jake abriu a porta para Lil e entregou-lhe a cadeirinha com Colby, observando enquanto ela acomodava sua filha em segurança.

Realmente, não era o comportamento de um louco.

Relaxa.

Lil deu um pulo quando Jake perguntou:

— Você quer que eu dirija?

Suas pernas estavam prontas para trair sua agitação, por isso, aceitou a oferta. Dirigir naquele estado não era uma boa ideia.

Seu guarda, me desculpe, eu não vi o sinal vermelho porque estava muito ocupada pensando no que Jake diria se descobrisse a razão por que o convidei para sair comigo hoje.

Calmamente ela entregou as chaves a Jake.

Lil sentou no banco do passageiro e colocou o cinto, olhou para frente, mas observou Jake de canto de olho. Ele também colocou o cinto de segurança, mas não deu a partida.

— Nós não poderemos ser amigos, Lil — ele disse, segurando o volante.

— Desculpe? — Lil engoliu nervosamente. *Nos filmes, este é o momento em que ele diz que eu deveria ter me ocupado com meus próprios assuntos. Que ele esperava que as coisas tivessem acontecido de forma diferente, mas eu, agora, sabia demais para continuar vivendo.*

Jake olhou intensa e profundamente para ela, a intensidade de seus olhos a prendendo como um veado nos faróis de um carro.

— Acho que não preciso explicar.

Por que amigos não enterram amigos em covas rasas na floresta?

Lil reprimiu um riso nervoso.

Ele continuou:

— Eu estive pensando sobre o fato de você falar que o que aconteceu entre nós dois é algo vulgar, ordinário. Mas não tem que ser assim. Eu me preocupo com você, Lil, e gostaria que nós começássemos de novo.

Não, não, não. Não vá por aí. Sentir medo de você é bem melhor do que ouvir isso. Esse caminho só pode me levar a um tsunami de culpa.

— Jake, por favor...

Ele se virou e pegou a mão dela.

— Ouça. Você me pegou de surpresa e eu lidei mal com a situação. Tudo o que você disse outro dia estava certo. Nós não nos conhecemos ainda, mas podemos mudar isso. Eu não estou aqui porque Dominic me enviou. Hoje estou aqui porque eu quero estar. Quero nos dar uma oportunidade, e não como amigos, mas como outra coisa mais profunda, onde quer que isso nos leve depois. Isso é um encontro romântico, Lil, não duvide disso. Nosso primeiro de um dos muitos que virão, e espero que você jamais o esqueça.

Posso garantir que vou me lembrar de hoje para sempre.

Ele estava esperando que ela dissesse alguma coisa.

Ela tirou a mão da dele. *Estou indo para o inferno por isso agora.*

— Não posso te prometer nada, Jake.

Os olhos dele ardiam de emoção, como se as palavras dela só o fizessem a querer ainda mais.

— Você não precisa.

Lil se afastou um pouco no banco e cruzou as mãos no colo, tentando manter seu tom de voz tão alegre quanto possível.

— Então, onde estamos indo?

— Decidi lhe fazer uma surpresa.

E eu pensando que iria surpreendê-lo. Mas, foi você quem preparou uma surpresa.

— O que estamos fazendo aqui? — Lil perguntou quando ele estacionou o carro na frente da Escola de Belas Artes do Museu de Boston.

Antes de responder, Jake caminhou ao redor do carro para abrir a porta para ela.

— Nas manhãs de quinta-feira a escola tem uma oficina de arte para bebês e suas mães. Eles pintam seus próprios quadros, e às vezes, são expostos no átrio. E, gentilmente, permitiram que nós participássemos da aula de hoje.

Quando Colby foi instalada em seu carrinho, Jake deu as chaves para um jovem que, aparentemente, tinha sido contratado para estacionar o carro para eles. Então, quando entraram no prédio juntos, Lil perguntou:

— Você realmente nos inscreveu em uma aula de arte?

— A menos que você prefira fazer outra coisa...

— Não, está ótimo assim.

Isto é perfeito. Bom, seria perfeito se eu não fosse uma completa idiota.

Lil seguiu Jake pelos corredores até uma pequena sala de aula onde quatro mães e seus bebês estavam reunidos em torno de uma grande mesa redonda. Quase todas as crianças deviam ter em torno da idade de Colby, menos uma, que parecia ter quase dois anos.

Uma mulher de cabelos grisalhos vestindo um grande avental de plástico transparente os recebeu. Ela parecia ser bem mais jovem do que seu cabelo indicava.

— Você deve ser Miss Dartley. — Ela apertou a mão de Lil. — E esta é Colby? — Ela se inclinou para sorrir para a criança e, em seguida, cumprimentou Jake. — Mr. Walton, é uma honra tê-lo conosco hoje. Sua doação foi bem generosa e nos permitirá expandir este programa.

Jake aceitou sua gratidão com um aceno de cabeça e um sorriso.

A mulher se virou para as mães atrás dela.

— Senhoras, a aula de hoje vai ser um pouco diferente. Teremos alguns convidados especiais. Este é Mr. Walton, um incentivador de longa data das Artes em Boston e sua... — Ela se virou para Lil quando hesitou em descrevê-la.

— Pode me chamar de Lil — Lil disse, às pressas.

— Bem-vinda, Lil — duas das mães disseram quase em uníssono. As outras simplesmente acenaram.

A mulher mais velha continuou:

— Mr. Walton nos trouxe uma surpresa que eu espero que todos gostem.

Uma mulher de cabelo castanho curto vestindo uma saia longa, estampada, e uma blusa bordada à mão, entrou e disse:

— Buenos dias, meu nome é Carmen Sonnes. Gracias por me convidar para participar do seu grupo hoje. Me desculpem, preciso de apenas um minuto para preparar tudo.

— Obrigado por você ter vindo em tão pouco tempo — disse Jake, quando a mulher se aproximou deles.

De um lado da sala, Carmen colocou três fotos em cavaletes.

— Mr. Walton está sendo humilde. Não conheço um artista que não teria embarcado no jato particular que ele enviou para mim.

— Por favor, me chame de Jake. — Jake sorriu suavemente de volta para a mulher e dirigiu seu próximo comentário para Lil — Eu conheci Carmen em uma exposição de arte em Austin, alguns anos atrás. E achei que você poderia gostar de conhecê-la também.

Ao longo da última semana, fechada em seu apartamento, havia sido fácil esquecer que Jake era um homem de grande poder e influência. Ele não vivia exibindo sua riqueza como uma bandeira ou um troféu de guerra, como Dominic fazia. Mas sua riqueza era parte integrante de quem ele era e de como ele interagia com o mundo ao seu redor. Lil sabia que sequer havia passado pela cabeça de Jake que Carmen pudesse não aceitar seu convite. Qual seria a sensação de estar sempre acostumado a vencer?

— Acho que este é um grupo de arte mãe/criança na faixa etária de seis meses a dois anos de idade, certo? — perguntou Carmen.

—Sim — a professora respondeu. — Nós usamos tintas comestíveis para pintar com os dedos e uma variedade de tipos de papel para permitir que os nossos bebês participantes explorem a arte das texturas e cores.

— E o que as mães costumam fazer? — perguntou Carmen.

Uma mãe riu e disse:

— Nós controlamos o caos.

Carmen acenou para alguns jovens que estavam na porta.

— Eu espero que vocês, hoje, aceitem me ajudar, porque eu realmente gostaria que todos pudessem se envolver.

E então os assistentes – que pareciam jovens universitários – se sentaram à mesa com as mães. Cada um tinha uma caixa de pintura com diversos artigos, desde tintas a óleo e pincéis, até lápis de cor e lápis de carvão.

— Por favor, aceitem estes materiais de arte como um presente meu para vocês. Dentro de suas caixas, vocês vão encontrar uma variedade de ferramentas que poderão usar para desenvolver a atividade que desejarem. Escolham algo simples. Vocês têm cerca de uma hora para completar seu projeto. Antes de podermos ensinar arte para nossos filhos, devemos experimentá-la nós mesmos.

Seis cavaletes com uma tela em branco foram colocados junto de cada criança.

O sorriso de Jake vacilou quando um assistente entregou a ele uma caixa de material de arte.

— Não, obrigado — disse ele.

Lil sorriu por cima do ombro de Jake.

— Você não vai ficar de fora assim tão facilmente. Se eu estou fazendo isso, você também vai fazer.

Jake inspecionou o conteúdo da caixa com desconfiança. Ele colocou seu cavalete ao lado do de Lil.

Carmen disse:

— Eu não sou formada em Artes, assim, essa pode ser uma lição atípica para alguns de vocês. Vamos aprender uma técnica específica, e espero que isso seja interessante para vocês, independentemente de suas aptidões. Hoje vamos explorar a voz artística de cada um.

Enquanto ela falava, a professora distribuiu vários frascos cheios de tinta para bebê aos assistentes; eles os abriram e começaram a trabalhar com as crianças.

— Hoje, eu trouxe três fotos que eu sinto que representam minha voz. Meu estilo e minha arte têm sido chamados de muitas coisas: Mexicano, Latino, Texano, Chicano, Tex-Mex, mexicano-americano, contemporâneo, moderno, "mulher-centrada", figurativo e representativo. — Carmen sorriu. — Eu acho que o meu trabalho é uma parte, ou todas essas coisas. Basicamente, é apenas o que meu coração e minha mente sonham. Eu sou a minha arte e a minha arte sou eu. Sou apaixonada por cor e fascinada pelo México. — Ela apontou para um dos cavaletes. — A primeira pintura se chama *Ouvindo o meu próprio conselho*. Às vezes, quando nós chegamos a uma encruzilhada difícil, procuramos respostas fora de nós mesmos. Mas, o que não sabemos é que as respostas estão quase sempre dentro de nós. Os quatro melros representam as vozes e conselhos dos outros. A mulher voltou seu olhar e seus ouvidos para dentro, para debaixo de sua manta. A pena azul representa a sabedoria tradicional. O simbolismo é uma maneira de expressar-se em sua arte. A segunda pintura se chama *Manitas*. — Ela carinhosamente colocou a mão na parte superior da segunda pintura. — Manita é apelido para *hermanita*, em espanhol, ou *irmãzinha*. É assim que nós carinhosamente chamamos nossas irmãs e amigas. Eu retratei duas mulheres, irmãs, elas estão de costas voltadas uma para a outra e se procuram. Eu quis simbolizar sua união e amor emaranhados no cabelo delas, em uma única trança grossa, que corre pelo centro da pintura. — Ela se moveu para ficar ao lado do último cavalete. — O terceiro e último trabalho se chama *Esperanza*. É um desenho a lápis e um dos meus primeiros trabalhos. É a minha interpretação para diversas histórias passadas de geração em geração, a partir de minha bisavó, para minha avó, para minha mãe e, por último, para mim. — A expressão de Carmen mostrou tristeza, como se estivesse experimentando a dor retratada na obra de arte. — Esta é a história das dores sofridas pelo povo durante a guerra, especialmente as mulheres. As esposas, muitas vezes, acompanhavam seus maridos na guerra para transportarem as munições, cozinharem, lavarem e cuidarem dos feridos. Lactentes e aqueles que nasceram nos campos de batalha se tornavam parte desses campos. À noite, quando as tropas inimigas estavam próximas, era indispensável para a sobrevivência de todos que os bebês famintos se mantivessem silenciosos, agarrados nos peitos de suas mães. Quando o leite secava, as mães, desesperadas, colocavam pedras, torrões de terra e até balas na boca das crianças que estavam gemendo. Alguns bebês, inconsoláveis, precisavam ser sufocados. A magnitude dessa história ficou impressa em minha mente, desde que eu era uma criança, e eu a conto nesse desenho a lápis.

Duas mulheres choraram com esta última descrição de Carmen. Uma delas comentou, triste:

— Eu jamais farei mal a meu filho, não importa o que aconteça.

Carmen balançou a cabeça tristemente.

— Se você está dizendo isso é porque nunca viu a guerra de perto. E, antes de julgar, se pergunte se nós somos tão diferentes de nossos antepassados. — Ela encarou cada mulher com orgulho, atraindo sua atenção e despertando suas emoções. — Nós continuamos dando nossos filhos para a guerra, todos os dias, quando enviamos nossos homens e mulheres jovens para a batalha em terras estrangeiras. Nossos filhos e filhas mais velhos são menos preciosos do que nossas crianças? Será que a perda deles nos corta menos o coração do que minha história? — Ela respirou fundo, recuperando a calma com que tinha entrado na sala. — Ainda assim, abracem a reação que vocês sentiram com minha história. Expressem-na hoje, nas telas. Nem todo mundo tem a mesma visão quando compartilhamos uma história. Arte é encontrar sua mensagem, sua voz, e expô-la ao mundo. Assim, não importa o que vocês vão desenhar hoje, o aceitem, simplesmente, porque é um olhar íntimo de suas almas e, portanto, deve ser honrado como tal.

— Droga! — Jake sussurrou para Lil. — Eu não sei desenhar figuras com lápis.

Lil enxugou uma lágrima e sorriu para ele.

— Você deveria saber, sua alma está cheia de pedaços de pau.

— E se eu desenhar você pelada? — As palavras dele fizeram cócegas no ouvido de Lil.

Lil apontou um dedo para ele.

— Experimente, e você vai receber o troco.

Carmen sorriu e disse:

— Chega de conversa. Escolham seus materiais. Tomem um momento para olhar para dentro de si mesmos. Quando estiverem prontos, coloquem um pedaço de si na tela em branco. Contem a história de vocês.

A sala estava carregada de emoção. Até mesmo os bebês pareciam sentir que algo importante estava acontecendo, e se sentiam emocionados enquanto mergulhavam seus dedos nas tintas comestíveis e misturavam as cores no papel.

Lil escolheu lápis de cera coloridos.

Jake escolheu lápis de carvão preto.

Lil mergulhou no desenho, traçando linhas arrojadas em cores brilhantes.

Os movimentos de Jake eram mais precisos e calculados. Ele se desenhou no topo de uma montanha, cercada por várias portas. Atrás de cada porta havia um caminho que levava a um destino diferente. Um acabava em um abismo; outro levava a um lugar cheio de linhas retas e perfeitamente ordenadas; outro, até um desenho obscuro. Jake estendeu a mão e pegou emprestados alguns lápis de cera de Lil, embora ele pudesse facilmente ter usado os seus. Ele desenhou uma única mulher com uma criança, e as cercou com uma variedade selvagem de tons coloridos. Era o único lugar de seu desenho onde havia cores.

Ele pegou Lil observando, fascinada, e corou.

— É assim que você me faz sentir — ele disse simplesmente.

Lil quase derrubou sua caixa de pintura, conseguindo pegá-la no último segundo. Ela olhou para seu próprio desenho e perguntou o que ele achava do fato de ela não o ter incluído nele. Ela tinha desenhado a si mesma, séria e determinada, parecendo triste, com Colby em seus braços, enquanto perseguia Abby. Nem ela mesma tinha certeza do que significava a cena, apenas a tinha externado e agora a olhava, revelando algo que não tinha certeza se queria discutir com Jake.

Jake estudou o desenho por um momento e disse:

— Jamais aceite um emprego em um escritório, Lil.

Ela procurou o rosto dele.

— Você já é a mãe de que Colby precisa.

Lil olhou rapidamente para sua filha, que estava lambendo a tinta verde de um dedo, depois olhou de novo para Jake.

— Não, não sou, Jake. Eu não tenho sido a pessoa que deveria ser, mas estou mudando isso. — Ela lembrou que uma parte de se tornar uma pessoa melhor a obrigava a estar matando qualquer chance de que algo real pudesse acontecer entre eles. Naquele mesmo momento, seus amigos estavam usando esse tempo para acessar os e-mails de Jake, e isso só levaria a mais sofrimento. Ela precisava lembrar de que nada daquilo era real. — Quanto mais velha eu fico, mais eu quero saber se alguém tem as respostas, ou se, como eu, as outras pessoas estão apenas fazendo o melhor que podem e rezando todos os dias, e isso é o suficiente.

A gravidade da sua resposta fez Jake se recostar na cadeira. Ele abriu e fechou a boca sem dizer uma palavra.

Carmen estava andando de mãe em mãe, discutindo cada criação com as artistas novatas, até que chegou a Jake e Lil. Ela interpretou corretamente a tensão entre os dois e os apanhou de surpresa, chegando e tomando cada um deles por uma mão. Por um momento, desconfortável, ela simplesmente os segurou e, em seguida, acenou com a cabeça, sem dizer nada, dando a cada um deles um aperto de mão reconfortante antes de deixá-los.

Carmen voltou para a frente do grupo e começou a compartilhar suas observações, mas Lil já não a ouvia. Ela estava perdida em sua reação ao desenho de Jake, e em sua resposta ao dela. É claro que alguém como ele poderia pensar que ela tinha opções além de aceitar um emprego, ela já temia isso, mas isso só sublinhava mais ainda o pouco que eles tinham em comum. Apesar de ter sido fofo ser considerada alguém que adicionou cor à vida dele, ela já tinha feito sua escolha.

O desenho dele teria sido bem diferente se ela confessasse a verdadeira razão por que eles estavam juntos naquele dia. Ele a teria desenhado sendo levada para a forca? Ou, pior, ela simplesmente não estaria na ilustração?

Como será a traição desenhada a lápis de carvão?

Colby deixou escapar um gritinho de reclamação, e Lil nunca se sentiu tão feliz por ser interrompida.

— Ela provavelmente está com fome — disse enquanto se dirigia para a filha. Ela a limpou com um guardanapo de papel e a colocou de volta em seu carrinho; em seguida, deu seu endereço para a professora, que prometeu enviar sua obra de arte depois.

A artista visitante se aproximou.

— Lil, certo?

— Sim — ela disse, sem vontade alguma de conversar com alguém que tinha percebido mais do que ela alguma vez havia mostrado para a maioria das pessoas.

— Seu trabalho foi muito comovente — disse Carmen.

Lil ignorou o comentário, não lhe dando importância:

— Obrigada. Eu sempre gostei de desenhar, mas apenas por diversão. Nada sério.

Carmen continuou:

— Você captou uma carga grande de emoção em poucas e nítidas linhas. Você tem um dom; poderia explorá-lo.

Lil se sentiu inundada pela raiva, e isso acrescentou amargura às suas palavras:

— Optei por um caminho diferente, e eu me sinto feliz assim.

A artista não vacilou.

— Isso honra a mensagem que ouvi hoje, tanto de você como de seu marido.

— Ele não é...

Carmen sorriu e balançou a cabeça.

— A arte nunca mente.

Ao contrário de mim, Lil sentiu vontade de dizer.

Era melhor mesmo que Alethea e Jeremy já tivessem acabado o que diabos eles estavam fazendo, porque ela precisava acabar aquele encontro logo. Estava sofrendo demais.

Lil verificou uma vez mais se havia pegado tudo que era seu, quando Jake se aproximou. Ela disse:

— Bem, isso foi... — Ela fez uma pausa. *Doloroso? Terrível? Tortura?* — Ótimo — terminou, sem jeito.

Ele enrolou com o dedo um dos cachos soltos do cabelo dela.

— Quando imaginei isso, na noite passada, você estava sorrindo neste momento.

Lil tentou, mas não conseguiu.

A confusão a tomou. Lil desejava que Jake fosse inocente para que ela pudesse acreditar naquele lado que ele estava mostrando hoje? Ou esperava que ele fosse culpado, para que ela se sentisse menos terrível sobre o que havia feito? Nenhuma das opções a consolava muito.

Ele colocou um braço, delicadamente, em torno da cintura dela, e juntos eles agradeceram a todos e saíram da sala. Jake a levou para fora do prédio, até à calçada.

— Você está pronta para o almoço? — perguntou.

— Na verdade, deveria ir para casa. Colby vai precisar de uma mamadeira e de um cochilo...

Com o braço ainda em torno de Lil, Jake disse:

— Só mais um lugar. Depois, eu prometo devolver vocês para a cobertura. Você trouxe leite?

Ela pensou em dar uma desculpa para não ir, mas já havia falado mentiras demais por hoje.

— Sim.

— Então, vamos andando — disse Jake.

Eles pararam em frente ao Museu Isabella Stewart Gardner, que ficava em uma casa que pertencera a uma mulher que vivia colecionando arte de todo o mundo e doou o edifício, juntamente com sua coleção, à cidade. Apesar de o prédio ter sido reformado, restaurado e recebido toques modernos, Jake a levou a uma das entradas originais.

— Você já esteve aqui antes? — Ele perguntou quando eles entraram no museu e foram imediatamente recebidos por alguém que os conduziu por um corredor escuro e através de várias salas que estavam cheias com uma arte eclética e sem rótulo de coleção. Em um dia normal, Lil teria parado para apreciar algumas delas, mas naquele momento ela estava determinada a acabar com o encontro, na primeira oportunidade.

Quando chegaram ao pátio interior, ela quase se esqueceu de tudo que havia para além da beleza que estava diante de seus olhos. Longo e retangular, era um verdadeiro palácio de estilo italiano, que havia sido a residência particular da rica e excêntrica Isabella. O jardim era uma festa de flores, estátuas e arquitetura do mundo antigo. Empregados elegantemente vestidos os receberam e levaram a uma única mesa, colocada em uma extremidade do pátio e escondida de olhares curiosos por flores, mas posicionada de modo que, uma vez sentados, eles teriam uma vista incrível da área. Velas estavam acesas, iluminando o que, de outra forma, seria um canto escuro.

Lil tinha ouvido falar do museu antes e da história peculiar da mulher que o tinha construído e, em seguida, doou o prédio à cidade. Sempre pensou ir visitá-lo, mas nunca o tinha feito. Porém, ela tinha quase certeza de que o pátio era fechado ao público. Mas, é claro que não estava fechado para Jake.

Na verdade, Lil não conseguia pensar em muitos lugares do mundo que estivessem fechados para ele.

No início, as necessidades de Colby ofuscaram o clima de romance do local. Lil procurou um lugar para trocá-la, depois pediu ajuda para preparar a mamadeira aos empregados. Jake se sentou na frente de Lil, parecendo esperar pacientemente enquanto ela alimentava a filha, e depois a colocou dentro do carrinho de bebê para tirar uma soneca.

Quando Lil finalmente se acomodou em sua cadeira, ela esperava encontrar um Jake irritado, mas, em vez disso, o viu bastante satisfeito consigo mesmo. Ele disse:

— Eu contratei um chef para preparar o nosso almoço. Espero que você goste de filé. Normalmente, eu teria perguntado do que você gosta, mas isso estragaria a surpresa.

Ele aceitou a taça de vinho que o garçom serviu. Provou e balançou a cabeça, em aprovação.

— Você gostou? — Ele fez um gesto com a taça, indicando a área ao seu redor. O garçom se ofereceu para encher o copo de Lil, mas ela recusou com a cabeça. A última coisa de que ela precisava era relaxar a língua.

Se eu gostei?

O cenário era inimaginavelmente belo, os empregados atenciosos, porém discretos, e o espaço proporcionava calma suficiente para sua filha dormir enquanto eles comiam. Quem não gostaria de ser tratada como se estivesse visitando alguém da realeza?

Apenas uma mulher que não tem direito a apreciar uma visita assim.

Ela não conseguia encará-lo.

— É lindo — ela disse.

Ele tomou as duas mãos dela nas suas e esperou que ela levantasse o olhar. Quando ela finalmente o fez, ele disse:

— Por que tenho a sensação de que há algo de errado?

— Hoje foi tudo lindo, Jake. Estou falando sério. A maneira como você incluiu Colby em nosso dia juntos... — Ela apontou para o jardim ao redor. — Tudo isso...

— Sua filha é a sua prioridade. A expressão dele tinha um pouco de saudade.

Por que você está tornando tudo isso tão difícil?

— Você precisa concordar comigo: não iria funcionar.

— Por quê? Porque eu não te amo?

Nossa!

Lil tirou as mãos das dele.

— Não é isso.

Ele abriu o guardanapo e o colocou no colo.

— O amor é um mito perpetuado por pessoas que não têm nada melhor para acreditar. Você é fantástica na cama, me faz rir, e eu desfruto da sua companhia. Isso é suficiente para mim.

Infelizmente, ele queria mesmo dizer o que estava dizendo.

— Isso soa como a última, corajosa declaração de um homem prestes a perder seu coração completamente — ela zombou.

Em vez de rejeitar em absoluto o comentário dela ou de agarrar o desafio, ele lhe lançou aquele olhar fixo, sem piscar, que ela estava começando a entender, que significava que sua mente estava definindo um caminho.

— Talvez — respondeu ele.

Mas a conversa foi interrompida com a chegada da comida. Tudo parecia delicioso, mas Lil não conseguia imaginar colocar nada em seu estômago agitado. Finalmente, ela brincou com um pedaço de carne e o colocou na boca.

— Venha morar comigo — disse ele calmamente.

Lil deixou cair o garfo no prato, fazendo barulho, junto com a carne que ela não tinha provado.

— Nós já discutimos isso.

A expressão do rosto dele e seu olhar orgulhoso revelaram que ele não iria ignorar aquele assunto.

— Não é porque você pode estar grávida. Venha morar comigo porque você quer adormecer em meus braços todas as noites e acordar ao meu lado todas as manhãs.

Lil respondeu:

— Eu tenho Colby...

Ele disse:

— Não se esconda atrás dela. Você sabe que eu posso muito bem cuidar de vocês duas. Ela teria o melhor de tudo.

Exceto seu amor. E que tipo de vida seria essa para nós?

— Por quanto tempo? — Perguntou Lil.

Ele deu de ombros.

— Se você está à espera de promessas, eu não tenho nenhuma para lhe fazer. Se é com seu futuro financeiro que você está preocupada, eu peço para meus advogados elaborarem um contrato para tranquilizar você.

Esse é o Jake que eu conheço!

Lil jogou o guardanapo em cima da mesa e se levantou.

— Uau, você é tão romântico como o seguro do meu carro.

— Sente, Lil — disse ele em um tom que provavelmente funcionava com pessoas que queriam agradá-lo.

Lil não ficou impressionada, pousou uma mão sobre a mesa e o olhou profundamente.

— Não, eu não vou sentar. Você acabou de me oferecer uma solução para acabar com o meu sofrimento cotidiano — cotidiano que você mesmo escolheu — e quando você se cansar disso, vai me dar um fora, simplesmente?

Ele tentou explicar:

— É muito comum pensar assim...

Lil pegou sua bolsa, o carrinho de bebê, e se preparou para ir embora. Para não perturbar Colby, ela baixou a voz, mas sua raiva permaneceu:

— Talvez seja comum em seu mundo. Não no meu. Eu sou uma daquelas pessoas pobres, suponho eu, que não tem nada melhor para acreditar do que... Que...

Ele bloqueou sua saída.

— Você não consegue dizer a palavra e você acha que eu é que tenho o problema?

Ela respirou asperamente, flexionando as mãos na alça do carrinho.

— Tudo bem. Você está certo. Sou muito burra de não aceitar sua proposta. Felizmente, para você, deve haver uma centena de mulheres que gritariam de alegria ao ouvi-la. Pergunte a uma delas, qualquer uma. Agora, saia do meu caminho.

— Eu não quero nenhuma delas. — Sua mandíbula estava tensa, ele fincou os pés no chão e continuou a bloquear o caminho dela. — Eu quero você.

Lil podia ser bem teimosa.

— Todos nós queremos coisas que não podemos ter, Jake. É a realidade. Agora, sério, não me faça pedir ajuda para passar por você.

Ele deu um passo para o lado.

— Eu vou levar você pra casa — ele disse.

— Não — ela disse e estendeu uma mão na frente dele. — Você vai me dar as minhas chaves e seguir seu caminho, lá para onde você está indo. Nova York, eu acho.

Jake estava lutando para conter sua crescente frustração. Impaciente, ele buscou as chaves no bolso da frente de sua bermuda, mas não as entregou imediatamente.

— Se você tem certeza de que é o que você quer...

Lil simplesmente manteve sua postura. O que ela queria não importava; sabia o que precisava fazer. Ela queria se jogar nos braços dele, contar tudo, e aceitar sua oferta lamentável. Queria acreditar que, apesar do que ele disse, ele já estava meio apaixonado por ela. E contra todo o senso comum, queria pensar que ele poderia perdoá-la se ela contasse a verdade.

Mas, querer não era suficiente.

E isso certamente não tornava a última oferta dele menos ofensiva.

— Lil — ele disse e fez uma pausa enquanto o celular tocava. Ele o olhou rapidamente. — Eu preciso atender.

Incapaz de se conter, ela disse:

— Talvez seja seu advogado, e você pode dizer a ele para, por enquanto, deixar o nome em branco nesse contrato.

O celular dele tocou de novo. Ele atendeu, mas articulou para Lil:

— Não acabou ainda.

Sim, acabou – pensou Lil – *não estou fazendo isso de novo*.

Ela estava quase na área que levava ao resto do museu, quando ouviu Jake perder completamente a calma pela primeira vez desde que o conheceu. A voz dele ecoou pelo pátio:

— Que porra! Pensei que tivesse reforçado nosso firewall, antecipando algo como isso. Estou voltando agora mesmo. E vou descobrir como isso aconteceu.

Lil intensificou seu ritmo.

Merda. Merda. Merda.

Era exatamente por isso que ele não acreditava em agir impulsivamente.

Ele deveria ter ficado em Nova York, em seu escritório, estudando a situação e mantendo sua equipe em estado de alerta. Não havia absolutamente nenhuma desculpa para algo como isso acontecer; não havia explicação.

Ele deixou que seu desejo por Lil turvasse seu julgamento e o distraísse quando ele mais precisava estar empenhado em salvar a Corisi Enterprises.

Eu não sou melhor do que Dominic. Se tudo der errado, ambos mereceremos ficar fritando hambúrgueres no próximo ano.

O que havia com essas mulheres Dartley?

Por um momento, ele pensou na possibilidade de elas terem sido plantadas pela concorrência. Será que a trama inicial de Stephan contra Dominic incluía ganhar a confiança deles e, em seguida, tirar os dois homens de campo com o truque mais velho do mundo?

Não, não, Lil e Abby eram, provavelmente, as duas mulheres mais minuciosamente checadas do país. Ele se lembrou de Lil o colocando em seu lugar na primeira noite que ele a conheceu e sorriu para ela. Lil daria uma espiã horrível. Ela sempre falava o que pensava. Ela podia ser frustrante como o inferno, mas não era mentirosa.

O peso da responsabilidade era todo dele. Ele viu Dominic se alienar depois que perdeu o pai, um mês atrás, e não havia nenhum sinal de que ele estaria de volta, em breve, ao mundo real.

Envolver-se com Lil agora seria irresponsável, imprudente, e tudo o que ele tinha sido capaz de pensar na última semana. Por que ela não podia simplesmente ir morar com ele? Familiaridade era o mais provável antídoto para o que estava começando a ser uma obsessão.

Mencionar o contrato tinha sido um erro. Ela havia hesitado, até que ele jogou aquela ideia maluca na mesa.

Comentários maldosos não faziam parte do caráter dele. Por isso ele lhe pedira para morar com ele; bom, praticamente havia implorado.

O que estava acontecendo com ele?

Ele não tinha certeza de como avançar com Lil.

E muito menos tinha ideia de como fazer Dominic ver o quão perto eles estavam de perder tudo.

Mas havia uma área de sua vida que ele ainda estava podendo controlar. Jake estava indo descobrir quem havia invadido seu computador pessoal e, quem quer que fosse, seria esmagado financeiramente e, quase certo, fisicamente também. Nunca antes ele tinha usado da violência, mas agora mesmo estava surgindo dentro dele a vontade de socar alguém.

Estacionando junto ao edifício onde ficava seu novo apartamento, Lil decidiu que o dia estava bonito demais para ficar em casa. Então, ela entregou as chaves para o manobrista e levou a filha para a pracinha. Ela estava empurrando Colby levemente, para trás e para frente, em um dos balanços de bebê, quando seu celular tocou.

Ela quase não atendeu.

Do que eu tenho medo? Realmente, o que ainda poderia acontecer hoje?

A voz de Alethea explodiu no celular, logo que Lil respondeu.

— Lil, eu tenho boas notícias para você.

Considerando a fonte, era altamente improvável.

— Estou precisando disso, Al. — Lil suspirou e empurrou o balanço de sua filha novamente.

— Eu não acho que eles estão fazendo nada ilegal. Tudo aponta mais para controle de danos. Parece que nossos amigos estão tentando corrigir alguma coisa. Meu palpite é que tem algo a ver com esse servidor chinês que Dominic agendou para desvendar o próximo mês. Tudo limpo com Jake, eu acho. Nada de específico no e-mail dele.

— Então, a boa notícia é que Dominic está tendo um enorme problema com o servidor? — Não estava parecendo algo para comemorar.

— Não, a boa notícia é que os meus instintos continuam apurados. Definitivamente, algo está acontecendo, mas não parece ser nada que possa colocar sua irmã em perigo.

Então, Jake não é um criminoso.

Lil tentou colocar em ordem o significado de tudo aquilo. Como teria terminado seu encontro se não duvidasse dele? Seria justo culpar Jake por pensar que a relação deles não iria durar, se sempre terminava cada encontro dizendo que nunca mais queria voltar a vê-lo?

Eu fico pensando que Jake é o único que está errado, que deve mudar, mas, e quanto a mim? E se nesse exato momento eu estou perdendo uma grande chance, porque estou com muito medo de confiar em algo de maravilhoso que possa acontecer comigo? Nunca saber a resposta para isso seria o preço a pagar por estar constantemente pensando o pior sobre Jake.

— Estava indo para Nova York, logo pela manhã. Mas mudei de ideia. Não acho que você deva ir. — Lil equilibrou o celular com o ombro enquanto tirava a filha do balanço e a colocava de novo em seu carrinho de bebê.

Ela estava inquieta demais para ficar ali e fingir que estava tudo bem.

Sua amiga falou com verdadeira preocupação:

— Você está se sentindo culpada por hoje? Nós não tínhamos outra opção, Lil.

Todo mundo enfrenta opções difíceis, mas nem sempre escolhe o caminho do erro.

— Al, Jake sabe que alguém invadiu o computador dele.

— O quê? Como você sabe? — Alethea falou mais alto.

De volta à calçada, caminhando para casa, Lil disse:

— Ele atendeu uma ligação enquanto estávamos almoçando, e eu o ouvi dizer que tinham feito mudanças em seu firewall para garantir que algo assim não aconteceria. E se ele descobre que quem fez isso foi Jeremy? E se ele chega até ele... Até você... Até mim?

Alethea falou:

— Jeremy disse que tinha encontrado um obstáculo.

— Um obstáculo? Um obstáculo? — Lil ouviu sua própria voz aumentar de volume com o pânico, e respirou fundo. As pessoas na rua estavam começando a olhar para ela. Nossa, vou acabar em um vídeo, na Internet, para fechar essa semana incrível! Ela começou a falar mais baixo, até que quase sussurou.

— Você disse que ninguém jamais saberia.

— Entre saber que alguém violou um computador e saber quem fez isso, há um longo caminho. Jeremy é cuidadoso. Ele tem vários atalhos cegos. Nunca irão descobrir o que aconteceu hoje, Lil, a menos que você diga a eles.

— Eu sei — disse Lil com pouca convicção, enquanto entrava, agradecida, na privacidade do edifício que ainda não considerava como a sua casa. Ela encostou a cabeça contra a parede fria do elevador, enquanto subia.

— Lil, eu reconheço o seu tom. Você está querendo confessar.

— Eu sei que não posso.

— Exatamente! Se você fizer isso, Jeremy e eu poderemos ter sérios problemas. Este é o tipo de segredo para levar com você para o túmulo, Lil.

— Você acha que eu não sei disso? — *Só uma idiota iria querer arriscar tudo por um homem que deixou bem claro que não a amava.* Lil entrou em sua cobertura.

Alethea não respondeu.

Lil tirou Colby do carrinho e a levou para o quarto, para trocar suas fraldas. O contraste entre o mundano e o insano tornava difícil conciliar os dois. Ela disse:

— Confie em mim, se eu não falei nada hoje, conseguirei manter minha boca fechada para sempre.

— É assim tão ruim? — Apesar da tensão da conversa, Alethea parecia simpática.

— É bom, até. Ele me pediu para morar com ele.

— O que você disse?

Lil fez uma careta.

— Eu disse que não. O que eu poderia dizer?

— Você se sentiu tentada?

— Não sei. Ele diz coisas bem estúpidas, mas depois faz alguma coisa que me mostra que se preocupa com o que é importante para mim, e eu quero acreditar que algo seja possível entre nós. Oh, Al, eu acho que estou me apaixonando por ele, mas estraguei tudo, não foi?

Sempre prática, Alethea disse:

— Você ainda pode ter o seu final feliz, Lil, se concordarmos mutuamente em esquecer o que fizemos hoje.

Lil tinha feito muita besteira na vida, mas ela jamais escondera isso. Quando você está fazendo algo em que acredita, não tem o que esconder. Pelo menos, foi isso que ela sempre pensou.

Enganar Jake ganhava a classificação mais alta em sua lista de coisas que ela se arrependia de ter feito. Olhando para trás, para o tempo que tinha passado com ele, ficou claro para Lil que ele tentou protegê-la, até mesmo de sua atração. Não contar nada a Jake fazia seu coração mergulhar em uma escuridão cada vez maior.

— Eu não me sinto bem em mentir, Al.

A simpatia abandonou a voz da amiga.

— E você vai se sentir bem quando estivermos compartilhando uma cela no presídio? Você é tão culpada quanto eu.

Eu sei.

Lil disse lentamente:

— Talvez Jake entenda por que eu precisava saber o que estava acontecendo.

— Ou não. — Alethea suspirou irritada. — Nós não somos mais crianças, Lil. Ninguém vai nos prender por uma noite, tentando nos assustar com isso. Aqui todos têm muito a perder. Você está querendo que Abby tire Colby de você? Porque é isso que vai acontecer se você esquecer o quão sério é esse assunto e acabar sendo presa comigo.

Lil estremeceu só de pensar nisso e as lágrimas tornaram difícil localizar os lenços enquanto ela trocava a fralda suja da filha. Quando finalmente concordou com tudo aquilo, não tinha pensado que iria tão longe. Arriscara-se bem mais do que havia imaginado. Colby era sua prioridade máxima. Como podia ter feito algo que a colocava em perigo?

Ela fechou a fralda, arrumou a roupa da filha e a abraçou enquanto caminhava de volta para a sala, com Colby no colo.

— Eu preciso ir visitar Jeremy e avisá-lo — disse Alethea.

— Será que ele pode encobrir melhor as pistas que possa ter deixado? — perguntou Lil, deixando Colby no chão com alguns brinquedos.

— Isso, e avisá-lo de que eles sabem que alguém esteve lá. Ele planejava voltar mais uma vez.

— De novo? Por quê?

— Ele disse que encontrou algo que não esperava, e isso o deixou curioso.

— Ah, não... Alethea, ele vai ser preso se tentar acessar de novo aquele sistema.

— É por isso que eu preciso ir até a casa dele. Ele quase nunca atende ao telefone, e raramente lê mensagens.

Deitada de lado, no chão, Lil forçou um sorriso, por causa de sua filha. Colby não se deixou enganar, soltando um gemido alto. *Sei muito bem como você se sente, Colby*. Com a voz trêmula, Lil perguntou:

— Al, isso vai dar certo, não é?

Alethea respondeu com mais ousadia do que ela provavelmente sentiu.

— Tudo depende de quanto seu namorado é inteligente.

Merda.

Lil lembrava de ter lido em uma revista que o QI de Jake estava em torno dos 190. Ele podia ser irritantemente sexy, frustrantemente teimoso e emocionalmente econômico, mas não havia dúvida de que Jake era brilhante.

Oh, isto está ficando ruim.

Talvez fosse hora de começar a ser extremamente boa para o seu futuro cunhado. Talvez ele fosse o único capaz de manter a ela e a seus amigos fora da cadeia.

DOZE

Embora Lil tivesse chegado ao meio-dia, ela e Abby não tinham trocado mais do que algumas frases. Lil alegou cansaço por causa do curto voo e havia se retirado, com Colby, para a suíte que os empregados de Dominic tinham preparado para elas.

Uma área com cinco salas, dois quartos, closet, sala de estar e banheiro, completamente abastecido com tudo o que Lil poderia imaginar que ela ou sua filha poderiam precisar. Abby mostrou-lhe um interfone na parede que ela poderia usar se precisasse de alguma coisa. Uma faxineira, uma babá e uma cabeleireira estavam ali, à disposição, sempre que Lil precisasse dos serviços de qualquer uma delas naquele fim de semana.

— Eu vou ficar bem — ela disse.

Abby fitou o rosto da irmã, notando a tensão em seus olhos, e perguntou:

— Você tem certeza de que está mesmo tudo bem, Lil? Você sabe que pode me contar qualquer coisa.

— Eu estou cansada.

Abby havia hesitado.

— Se você ainda está preocupada com a entrevista, relaxe. Ninguém está te culpando, além do mais, você lidou com isso perfeitamente. Dominic disse que ficou impressionado.

A entrevista? Nossa, isso parece ter acontecido em outra vida. Se fosse minha maior preocupação agora...

— Eu disse que estou cansada. — *Ai, não queria ter soado tão dura.*

Abby pareceu um pouco triste, de repente, e isso não melhorou em nada o humor de Lil.

— É claro. Descanse um pouco. O jantar é as seis, e os Andrade virão também. Espero que você já esteja melhor até lá.

Lil se afastou de sua irmã e disse com raiva:

— Eu não vou envergonhar você, se é isso que está te preocupando.

Abby suspirou, um sinal claro de que ela queria dizer mais, mas não o faria.

— Estou feliz por você estar aqui, Lil. — Saiu e fechou a porta calmamente.

Não sei como você pode estar se sentindo feliz. Eu estou estragando tudo, como sempre faço.

Colby olhou tristemente para a mãe.

— Não me olhe assim, Colby — disse Lil.

Com sua filha deitada para uma soneca perfeitamente cronometrada, Lil conseguiu tomar banho e escorregar para dentro de um enorme roupão de veludo branco. Ela tinha agendado a babá para as seis horas, mas por enquanto Lil se sentia melhor tendo Colby com ela.

Depois de Abby sair, Lil recebeu diversas roupas para escolher; cada cabide segurava um vestido mais bonito que o anterior. Caixas de sapatos de designers famosos, acessórios de cabelo e conjuntos completos de joias acompanhavam a entrega. Em outras circunstâncias Lil poderia ter realmente gostado de provar os vestidos, mas a culpa pairava, pesada, em sua cabeça. Tinha de haver uma maneira de resolver aquilo.

Uma batida forte na porta da suíte a fez tremer.

Seria Jake?

Eu não estou pronta para vê-lo ainda.

Ela se preparou e abriu a porta.

Impressionantemente vestido com o que Lil adivinhou ser um terno *Armani* — Abby disse que era seu estilista favorito — Dominic Corisi encheu sua porta. Era da altura de Jake, e bem sarado, mas lembrou um pouco a Lil um tigre inquieto em um zoológico. Se não fosse pela devoção a sua irmã, Lil teria fechado a porta, em vez de fingir estar feliz em vê-lo. Ele tinha a reputação de ser implacável e todos haviam recentemente testemunhado como ele se considerava um pouco acima da lei quando se tratava de algo que desejava.

Ele era definitivamente um homem com quem Lil queria ficar numa boa. Isso não era uma briga de garotos de escola; aquele homem tinha mais poder do que muitas dinastias podem se orgulhar.

Por que achei que poderia hackear e-mails de homens como esse?

— Posso entrar? — perguntou Dominic.

Lil olhou para seu robe. Ele cobria mais do que qualquer um daqueles vestidos que acabavam de chegar, por isso, ela balançou a cabeça e se afastou da porta.

Ele estudou seu rosto por um momento e disse:

— Abby me disse que você não estava se sentindo bem.

Eufemismo do ano. Ele está me ameaçando, porque minha atitude é uma nuvem escura sobre um fim de semana que, supostamente, tem tudo para ser maravilhoso?

Lil se colocou atrás de uma cadeira, usando-a para se apoiar, de repente, porque sentiu as pernas bambas.

— Não é nada sério.

Dominic atravessou a sala para olhar pela janela e falou, enquanto apreciava a vista:

— Eu amo sua irmã, Lil. Vou me casar com ela.

E você está aqui para se certificar de que eu não vou estragar tudo?

Lil engoliu em seco.

— Eu sei.

Ele se afastou da janela e franziu a testa.

— Isso faz de você uma espécie de irmã mais nova para mim. Então, quero que se sinta confortável aqui.

Suas palavras acalmaram Lil. Quando ela não o via através da lente de sua culpa, ele parecia mais desconfortável do que ameaçador.

— Eu me sinto perfeitamente confortável — ela mentiu suavemente.

Ele enterrou as mãos nos bolsos da calça de seu terno; certamente não como um homem com más intenções faria. Continuou rispidamente:

— Se alguma coisa está incomodando você, pode me dizer e eu mandarei mover céus e terra para acabar com ela. Você sabe disso, certo? Eu protejo o que é meu.

Ele veio para oferecer-lhe o seu apoio? Os olhos de Lil ficaram cheios de lágrimas e ela piscou furiosamente. Esse era o Dominic que sua irmã havia descrito para ela, o que era ferozmente leal àqueles com quem se preocupava. Seria possível que ele não só amasse sua irmã, como realmente considerava Lil como parte de sua família? Se era assim, talvez confessar fosse a melhor coisa que ela poderia fazer. Um homem como Dominic certamente entenderia que ela tivesse quebrado as regras para manter em segurança alguém que ama. Então, Lil perguntou:

— Você já fez o que parecia a coisa certa, no momento, mas, assim que fez, se arrependeu e desejou fazer qualquer coisa para corrigir seu erro?

Dominic admitiu com tristeza:

— Infelizmente conheço muito bem esse sentimento.

Lil saiu de trás da cadeira e se aproximou dele.

— E se fazer as coisas direito significar colocar alguém que você ama profundamente em risco? O que você faz quando nenhuma das opções é boa?

Dominic se endireitou, tirou as mãos dos bolsos e as apertou uma na outra.

— Isso é sobre Jake?

Jake era definitivamente uma das razões por que ela queria voltar no tempo e não envolver Alethea e Jeremy. Lágrimas começaram a cair pelas faces de Lil e ela afundou em uma das cadeiras. Ela não estava conseguindo dar voz aos medos que rugiam dentro dela.

Eu posso lidar com um coração partido, mas, por favor, deixe as consequências só para mim. Não deixe que eu destrua a felicidade que minha irmã finalmente encontrou. Não permita que eu tenha colocado meus amigos em perigo. Por favor, ela pediu para o universo, *eu vou cuidar da minha vida, a partir de agora. Eu não quero que Abby fique com Colby.*

Dominic se colocou do lado de Lil e deu um tapinha nas costas dela, de cabeça baixa, sem jeito. Lil continuava a chorar baixinho, tentando, mas não conseguindo criar coragem de lhe contar tudo.

Dominic perguntou:

— Ele dormiu com você?

Sua pergunta pegou-a desprevenida e ela respondeu muito honestamente:

— Não é sobre isso.

Dominic retirou a mão e seu rugido cresceu pelo quarto.

— Eu vou matá-lo.

A porta bateu atrás dele quando Dominic saiu da suíte.

Lil levantou a cabeça, fungou, e agarrou o braço da cadeira com uma mão enquanto limpava as lágrimas de suas faces com a outra.

Jake tinha acabado de chegar na casa dos Corisi, para o jantar, quando viu seu amigo caminhando pelo corredor em direção a ele, parecendo que queria machucar alguém. Será que ele já sabia da violação de seus e-mails?

Dominic agarrou Jake por uma lapela do terno e o puxou.

— Eu vou te matar.

Normalmente, Dominic reservava sua fúria para aqueles que haviam cometido delito. Jake afastou a mão do amigo.

— Calma, Dom. Não recebi nada. Sempre tenho muito cuidado com o que eu coloco em meus e-mails. E minha equipe está trabalhando nisso desde ontem.

Dominic o olhou quando estava prestes a pegá-lo de novo, mas parou de repente.

— Do que você está falando?

Jake ajeitou o paletó amarrotado:

— Do que *você* está falando?

Dominic deu alguns passos na frente de Jake, com as mãos fechadas de maneira ameaçadora. Resmungou:

— Você dormiu com Lil.

— Oh, Lil. — Talvez Dominic ainda não estivesse sabendo da invasão dos computadores. Em outra ocasião, Jake o teria informado imediatamente, mas o hacker tinha como alvo os e-mails de Jake, o que tornou o assunto pessoal. Ele queria pegar aquele rato.

— Não se faça de idiota. Sim, Lil. Eu o mandei para lá para você se certificar de que ela estava a salvo.

— Eu disse para não me mandar. Eu avisei...

Dominic parou, ficou cara a cara com Jake e acusou:

— Apesar de tudo o que você disse, você deixou de fora a parte em que você estava indo para quebrar uma das regras fundamentais da amizade.

Não deixe que seu amigo louco perca sua empresa, porque você está ocupado demais perseguindo uma mulher?

Jake ficou impaciente com a fixação melodramática de seu amigo em algo que não era da sua conta. Ele falou calmamente, racionalmente, esperando que Dominic escutasse alguma coisa.

— Eu fiz exatamente o que você pediu. Eu a mudei para uma nova casa. Não seja hipócrita.

Dominic passou a mão pelo cabelo, frustrado. Ele se inclinou e disse:

— Ainda acho que preciso te matar.

Jake se manteve firme, zombando do amigo, em vez de se encolher, como outros fariam. Eles tinham passado muitos anos juntos, Jake jamais o temera, e não seria diferente agora. A força bruta raramente ganhava da inteligência.

— O que você achou que aconteceria quando me mandou para lá? Você sabe que eu gosto dela.

Os olhos de Dominic se incendiaram, mas ele manteve as mãos quietas, talvez percebendo que Jake estava mais do que pronto para retaliar. Ele franziu o cenho.

— Não sei, eu pensei que você iria chamá-la para sair algumas vezes. Para jantar. Para ir ao cinema, talvez. Que tal você tratar uma mulher com respeito?

Jake não conseguiu conter o riso perante aquele inspirado comentário de Dominic.

— Você *sequestrou* Abby.

Dom virou-se e começou a andar.

— Isso é diferente. As pessoas esperam isso de mim. Eu confiei em você.

Jake deu de ombros e jogou sugestões cheias de raiva contra seu amigo.

— Talvez seja hora de você parar de confiar em mim. Talvez eu não possa continuar sendo o responsável pela solução dos seus problemas. E se eu sou tão bangunceiro quanto você?

A fúria abandonou Dominic e deu lugar a um sorriso ridículo que se espalhou por seu rosto.

— Você a ama!

Jake deu um passo atrás e negou.

— Não, eu não.

Dominic se aproximou de Jake, seu sorriso aumentando enquanto ele ia encaixando as peças:

— Ela chora. Você está infeliz. Maddy está certa; isso está funcionando. — Dominic cruzou os braços sobre o peito, triunfante. — Eu perdoo você, porque eu sei o que é querer tanto uma mulher a ponto de arriscar tudo por ela. — Sua expressão ficou séria e ele disse — Você sabe que precisa casar com ela, não sabe?

Um casamento forçado estava fora de questão; Dominic provavelmente usaria um exército inteiro para obrigá-lo. Jake sorriu ao pensar nisso. E ganhou um olhar de reprovação de Dom. E uma ameaça:

— Não me faça contar para Marie.

Clássico de Dom! Ir direto para as grandes armas. Foi um prazer colocar essa opção longe dele:

— Ela já sabe.

Dominic extrapolou sua raiva.

— Você disse a ela? Em que diabos estava pensando? Eu estava com esperança de que era porque você entendeu a gravidade do que fez e queria conselhos sobre como fazer a coisa certa. — Ele parecia querer agarrar o pescoço de Jake com suas mãos, mas se controlou, satisfazendo-se com um aviso. — No caso de eu não estar sendo claro o suficiente, a escolha é entre planejar um casamento ou planejar um funeral. E é sua!

Abby colocou a cabeça pela porta e chamou Dominic.

— Dom, os Andrade chegaram. Você está pronto?

Com um golpe final, Dominic anunciou:

— Sim, acho que Jake e eu nos entendemos agora.

Perfeitamente, Jake pensou.

E, pela primeira vez, ele concordou com Dominic. Ele não deveria ter dormido com a futura cunhada de seu melhor amigo, mas agora, casar com ela era a única coisa que fazia sentido. Lil concordaria com ele, quando ele explicasse a ela. Para o bem de sua filha, ela precisava de amparo financeiro e segurança. Ele poderia oferecer isso a ela. Não, ele *iria* oferecer isso, assim que conseguisse convencê-la a conversar com ele novamente.

Quando Lil sentou na exageradamente longa mesa da sala de jantar, alisou o tecido do conservador vestido verde que havia escolhido. Suas linhas retas e o modesto decote impulsionavam sua confiança. Esta noite não era dela e de Jake, nem era sobre a bagagem emocional que tinha embalado para a viagem; era a noite de sua irmã e a comemoração de seu amor. Verde era uma cor pacífica, que poderia misturá-la entre os outros convidados, sem problemas.

Dominic e Abby estavam sentados em uma das extremidades da mesa, felizmente absorvidos em uma conversa privada. A irmã de Dominic, Nicole, e o noivo, Stephan, estavam sentados junto a Abby. Por um momento, Lil invejou o fato de Nicole sempre parecer estar na capa da Vogue.

Ela ficou surpresa ao ver que Stephan tinha trazido seus pais, sua tia e tio, e, se Lil não estava enganada, uma de suas primas e seu marido francês. Abby havia lhe contado que, ultimamente, ela e Dominic passavam muito tempo com os Andrade, mas ela não havia percebido que eles eram tão próximos.

A assistente pessoal de Dominic, Sra. Duhamel, sorriu para Lil, do outro lado da mesa. Lil tentou devolver o sorriso, mas desistiu e, em vez disso, olhou para o prato. Uma das mulheres mais poderosas da China, a bilionária Zhang Yajun, sentou à sua esquerda. Normalmente, Lil a teria bombardeado com perguntas sobre sua vida, mas esta noite estava determinada a manter sua língua quieta e manter-se anônima naquela coleção de algumas das pessoas mais ricas do mundo.

Se você não falar nada, não pode dizer nada de errado.

Jake sentou-se à sua direita e tocou-lhe o braço para chamar sua atenção. Ele manteve sua voz em um volume íntimo.

— Lil, nós precisamos conversar.

— Não, não precisamos — ela sussurrou de volta.

Dominic se levantou da mesa e todos fizeram silêncio.

— Obrigado a todos por terem vindo. — Ele sorriu para cada convidado, em seguida, se abaixou, pegou Abby pela mão, e encorajou-a a ficar ao lado dele. Com um braço ao redor da cintura dela, disse:

— Se alguém tivesse me falado há alguns meses que estaríamos todos reunidos para celebrar o anúncio formal do nosso noivado, eu teria pensado que essa pessoa estava maluca. Mas aqui estamos e tenho a honra de chamar vocês de amigos.

A aprovação foi expressa em uma variedade de vozes e comentários animados.

Abby juntou as mãos na frente do corpo, a única indicação de que não estava falando totalmente à vontade diante do grupo.

— Ajudar Nicole com as coisas de seu pai me inspirou a dar uma segunda olhada em álbuns de fotos antigas e o pouco que ainda resta dessas coisas. Eu encontrei um poema que minha mãe escreveu quando éramos crianças, e ele pareceu apropriado para honrar a forma como nossa família se estendeu de maneira maravilhosa.

Ela pegou um pedaço de papel dobrado e desbotado e começou a ler:

O verdadeiro amor não é como uma pizza
Com duas fatias para uns
Uma para os outros

E nada para o azarado.
O verdadeiro amor é como uma fonte de
Alegria transbordando,
Onde há sempre mais do que suficiente
Para quem precisa.
E isso é tão generoso,
Tanto para aqueles que voltam a ele
Quanto àqueles que nunca saíram.

Os olhos de Lil se encheram de lágrimas com a lembrança da sabedoria de sua mãe, ela ainda sentia sua falta.

Dominic abraçou Abby e a mesa ficou estranhamente silenciosa por um momento. Nicole se virou e sussurrou algo para seu noivo. Stephan pareceu concordar, e sorriu para ela.

Nicole se dirigiu a seu irmão.

— Dom, a convide para amanhã. Eu vou ficar bem.

Houve uma onda de suspiros felizes ao redor da mesa.

Dominic perguntou:

— Tem certeza, Nicole?

Sua irmã considerou por um momento e depois assentiu com um sorriso choroso.

— Eu quero a fonte.

Stephan a abraçou e comentou algo em seu ouvido, que a fez corar.

Abby se inclinou e abraçou sua futura cunhada, e então disse:

— Eu prometo ser breve para que possamos comer, mas quando fizermos o anúncio formal do nosso compromisso, amanhã, a casa estará cheia. Eu queria perguntar uma coisa na privacidade dos que nos são mais próximos — ela olhou ao redor e disse — Nicole, Maddy, Zhang, eu gostaria que fossem minhas madrinhas. Não precisam responder agora. Apenas saibam que nada significaria mais para mim do que ter vocês ao meu lado quando me casar com Dominic. Vai ser daqui a três semanas, um casamento relâmpago, mas Dominic me garantiu que vai dar tudo certo.

Nicole e Maddy se levantaram para abraçar Abby.

Lil notou que a expressão de Zhang permaneceu inabalável. Ela não aceitou, nem recusou o pedido.

Abby se aproximou de Lil, que estava sentada, e perguntou:

— Lil, você será minha dama de honra?

Todos se viraram para elas e, de repente, Lil se sentiu mal. Ela não sabia nada sobre casamentos da classe alta e assumir esse tipo de responsabilidade pareceu a receita para um desastre. Ela balançou a cabeça com a incerteza.

— Não sei.

A expressão de dor de Abby destroçou Lil, especialmente quando sua irmã declarou:

— Você é minha irmã, Lil. Eu amo você. Prometa que estará ao meu lado nesse dia.

Já causei problemas o suficiente. Quanto mais Lil se aproximava de sua irmã e de seu futuro cunhado, mais erros cometia. Seria melhor para Abby escolher qualquer uma das outras mulheres na mesa. O pânico a subjugou temporariamente. Lil levantou, derrubando a cadeira, e disse:

— Eu não posso.

Cedendo a um verdadeiro momento de covardia, correu para longe da sala, deixando todos atônitos.

Dominic se inclinou para frente, uma mão agarrando a mesa e a outra apontando Jake.

— Culpa sua! Resolva isso — ele ordenou.

Jake cruzou os braços sobre o peito.

— A família é sua. Resolva você.

Dominic deixou seu lugar na cabeceira da mesa e caminhou em direção a Jake.

— Vai ser sua família, também, se você sabe o que é bom para você.

Jake também se levantou.

— Ou o quê? O que você vai fazer, Dominic? Bata em mim! Experimente.

Abby correu na direção a eles, mas Sra. Duhamel a deteve.

— Eles precisam resolver isso sozinhos, Abby — disse ela.

Dominic apontou a mandíbula de Jake, mas ele desviou e ainda conseguiu que um de seus socos acertasse o abdome do sócio. O som da respiração de Dominic cobria a sala que, de outra maneira, estaria silenciosa.

Jake se dirigiu a Dominic:

— Estou cansado de favorecer seu ego colossal. Não dá mais e nós dois sabemos disso!

Dominic rosnou e voou para Jake, o atingindo e o fazendo saltar para longe.

— E eu estou cansado de ouvir você falando comigo como se eu não conseguisse ter uma empresa sem você.

Esfregando rapidamente o queixo inchado, Jake empurrou Dominic, que acabou derrubando a mesa com seu peso.

— Você não conseguiria, mesmo.

Os punhos voaram mais rápido, sem dar tempo para as palavras. E só cessaram quando os rostos dos dois homens ficaram inchados.

Dominic limpou o sangue do canto de sua boca, e riu.

— Eu não sabia que você era capaz disso.

Jake se inclinou, mãos sobre as coxas, sua respiração um pouco atrapalhada por causa da dor.

— Foi surpreendentemente bom.

Sra. Duhamel fez um bico em desaprovação e disse:

— Vocês agora se portam como crianças?

Dominic olhou para a mulher mais velha com um pouco de desgosto.

— Você sabia que ele era capaz disso, Marie.

Marie assentiu.

— Sabia! — E, para Jake, ela disse — Você é.

Jake admitiu com um aceno de cabeça.

— Sou mesmo!

Marie sorriu.

— Ninguém está questionando isso, Jake. Mas agora vocês precisam fazer com que a nossa pobre Abby possa desfrutar de sua festa de noivado.

Como de costume, ela está certa.

Jake estendeu a mão.

— Trégua?

Dominic titubeou, mas acrescentou:

— Você ainda vai se casar com Lil.

Ao ouvir a frase, Abby deu um passo adiante.

— O que você disse, Dom?

Dominic disse:

— Ele me ouviu.

Abby esclareceu sua pergunta.

— Também ouvi, mas quero saber por que você disse isso.

Dominic voltou ao seu lugar na cabeceira da mesa e falou com tristeza:

— Nosso plano para juntar os dois foi um pouco bem demais.

Abby olhou rapidamente para a porta por onde sua irmã saíra e exclamou:

— É por isso que ela está tão confusa nesse fim de semana.

Nicole acrescentou:

— Coitada.

Dominic pousou firmemente o guardanapo em seu colo, como se isso colocasse um fim à conversa.

— Não se preocupe, Jake vai corrigir a situação.

Abby ficou atrás da cadeira dele, e colocou a mão em um de seus ombros.

— Não torne as coisas piores, Dom.

Ele fez uma careta para ela.

Ela tocou seu rosto levemente, e sua expressão se suavizou:

— Você não pode forçar Jake. Nenhuma mulher quer se casar com um homem que não quer se casar com ela.

Jake voltou para o seu próprio lugar na mesa e disse:

— Eu nunca disse que não queria me casar com Lil.

Todos os olhos se voltaram para ele.

Jake encolheu os ombros.

— Bem, eu não disse, nunca.

Elise, a tia de Stephan, disse:

— Não é surpreendente que homens e mulheres combinem em tudo?

Jake continuou:

— Eu pedi a ela para morar comigo, mas ela disse que não. Agora, não quer nem falar comigo.

Abby retrucou:

— Eu vou encontrá-la. — Ela sacudiu um dedo para Dominic. — E você, comporte-se enquanto eu estiver fora.

Ele simplesmente sorriu, o que a fez hesitar um momento.

A mãe de Stephan, Katrine, disse:

— Vá em frente, Abby. Nós cuidaremos disso. — Ela se virou para a cunhada — Elise, isso não te lembra alguma coisa?

Victor, seu marido, riu e perguntou:

— Eu era assim tão ruim?

Elise jogou as duas mãos no ar e brincou:

— Pior.

Stephan suspirou e disse:

— Quase me dá vontade de ter um irmão. — Quando Dominic e Jake, de repente, ficaram de pé, ele rapidamente dissolveu a tensão, levantando as duas mãos em um divertido apelo para a paz — Quase.

Um pouco relutantes, eles voltaram a se sentar.

Nicole entrou na conversa:

— Zhang também deixou a mesa. Vocês acham que isso a aborreceu?

Katrine respondeu ironicamente:

— Eu não sei o que ela poderia ter visto que faria uma pessoa em sã consciência reconsiderar a jantar com a gente.

Nicole sorriu e colocou a mão sobre a de seu noivo:

— Pelo menos sabemos que o casamento não vai ser chato.

Dominic olhou por sobre a mesa para Jake e perguntou:

— Quer ser meu padrinho?

Jake mergulhou um guardanapo em seu copo de água e o apertou contra um corte em seu rosto.

— Absolutamente.

Lil saiu por uma porta lateral, e entrou em uma varanda com vista para um dos jardins. Para sua grande surpresa, o lugar já estava ocupado.

— Desculpe — disse ela apressadamente. — Eu simplesmente não podia ficar lá dentro nem mais um segundo.

— Nem eu — respondeu Zhang.

Lil moveu-se para sair e Zhang disse:

— Sua irmã é uma mulher maravilhosa. E, agora, conto orgulhosamente com ela como uma de minhas amigas.

Lil notou algo na voz da mulher que a fez parar. Ela virou-se e caminhou de volta para o banco onde Zhang estava sentada.

— Mas você não quer estar na festa de casamento dela.

— Exatamente. — Zhang fez sinal para Lil sentar-se ao lado dela. — Existe uma maneira habitual para recusar o convite sem perder a elegância?

Lil finalmente se sentou.

— Se você souber de uma, me conte. Eu também não quero ir.

Uma expressão de surpresa invadiu o rosto da mulher, mas apenas por um momento, antes de ela recuperar a compostura.

— Isso é surpreendente.

Lil balançou a cabeça tristemente.

— Na verdade não é. Abby é inteligente, ela vai escolher alguém melhor do que eu. Eu sou um desastre ambulante.

— Essa não é a maneira como Abby descreveu você.

— Jura? — Lil ouviu a esperança em sua própria voz e se sentiu um pouco envergonhada por isso.

O tom de Zhang era convincente.

— Abby e eu temos falado sobre você em várias ocasiões. Ela contou que você nasceu com a alma guerreira de sua mãe. E que admira muito sua força.

— Eu não sabia que havia algo em mim que ela aprovava — Lil respondeu, surpresa e emocionada com as palavras de Zhang.

Zhang contestou.

— Então você não conhece muito bem a sua irmã. Ela também tem inveja de seu círculo de amigos; disse que eles fariam qualquer coisa por você.

— Eu sempre fui muito sortuda nessa área.

— A amizade não é resultado de sorte, é um testemunho de nosso caráter. Você inspira a lealdade de seus amigos porque merece.

— Eu não sei como.

— Uma águia nunca vai nadar como um golfinho. A águia só se sentirá realizada quando decidir subir, em vez de mergulhar.

Lil inclinou a cabeça, pensativa.

— Você acha que eu estou tentando ser Abby?

— Me diga você.

Lil pensou em como ela sempre desejou se parecer mais com Abby. Como, mesmo no funeral de seus pais, Abby parecia capaz de tomar melhores decisões. Ela não chorou muito tempo sobre os caixões, não se recusou a receber os parentes que tinham vindo de todo o país e definitivamente não jogou um prato de doces em alguém que se atreveu a tentar consolá-la.

Não, desde o início Abby tinha sido a melhor. Ou, pelo menos, não tão controversa. Oh, meu Deus, eu tenho tentado ser Abby. E a odiei, porque não podia ser como ela.

— Abby realmente disse que eu sou como a minha mãe?

Zhang sorriu.

— Sim, disse. Você sabia que sua mãe foi presa por participar de um protesto contra a guerra?

Lil ficou de queixo caído.

— Não. Eu nunca ouvi essa história.

— Aparentemente o coração lutador de sua mãe a colocou em algumas situações complicadas envolvendo a lei.

Isso não é possível.

— Eu me lembro apenas de que minha mãe era carinhosa e querida.

— Sua irmã está mexendo em alguns dos papéis antigos de seus pais e ficou igualmente surpreendida com algumas das coisas que encontrou. Tenho certeza de que ela gostaria de lhe mostrar os recortes de jornal, se você estiver interessada, é claro.

— Estou! Não posso acreditar que minha mãe foi presa. Ela era tão... Perfeita.

Zhang sorriu tristemente.

— O coração se lembra das pessoas amavelmente, mas ninguém é perfeito. Eu já ouvi falar sobre algumas de suas aventuras e admiro seu espírito. Você sempre defende as pessoas de quem gosta. Você sempre fala o que pensa, não importa a que custo. Essas são qualidades que eu respeito. Você deve respeitá-las, também. — A simplicidade e o poder do comentário de Zhang ficaram flutuando no silêncio reflexivo que os seguia.

Ok, então eu nunca vou ser Abby, mas, se Zhang estiver certa, talvez eu não tenha que ser.

— Eu gastei muito tempo tentando me descobrir — Lil disse, maravilhada com o quão confortável se sentiu compartilhando sua maior preocupação com alguém que não conhecia. Ou talvez fosse simplesmente porque sabia que poderia dizer para Zhang o que havia tentado esconder de si mesma.

Zhang deu de ombros.

— Eu jamais teria chegado aonde estou hoje sem nunca cometer um erro.

Talvez eu seja uma boa mãe, afinal, e este ano se transforme simplesmente em um recorte de jornal do qual meus filhos vão rir um dia.

— Obrigada, Zhang. Acho que não sou capaz de dizer o quanto você me ajudou.

Zhang assentiu, mas ainda olhava muito seriamente para ela.

Sua infelicidade não era da conta de Lil.

Esse era exatamente o tipo de cruzamento em que Lil sentiu muitas vezes que escolheu a direção errada.

As coisas iriam correr muito mais suavemente se ela não se envolvesse.

Eu nunca fui de tomar o caminho mais fácil, e talvez esteja na hora de aceitar isso sobre mim mesma.

— Por que você não quer estar no casamento? — perguntou Lil.

A mesma mulher que acabara de discutir livremente a vida pessoal de Lil não parecia tão disposta a revelar alguma coisa sobre a sua própria vida.

— Eu não me sinto muito à vontade em um casamento americano.

— Você não quer beber muito enquanto está vestida da cabeça aos pés de tafetá lilás e acordar na manhã seguinte, se perguntando por que beijou a boca do irmão do seu melhor amigo?

Zhang não fez mais do que abrir um sorriso.

— Algo assim — disse Zhang.

— Por que eu tenho a sensação de que você nunca fez isso? — Isso fez Zhang sorrir. — Eu também não fiz. — Diante da sobrancelha levantada de Zhang, Lil admitiu — Tudo bem, uma vez... Ok, talvez duas.

Zhang balançou a cabeça, divertida.

Lil defendeu-se com humor.

— Ei, não recuse enquanto não tiver tentado. Há algo nos casamentos que me deixa meio louca, sabe?

O sorriso da outra mulher desapareceu.

— Os casamentos me deixam triste.

Agora sim, estamos chegando a algum lugar.

— É essa a razão de você não querer ir ao de Abby?

Zhang não respondeu imediatamente. Em vez disso, olhou o céu noturno, como se nenhuma resposta fosse antecipada. Finalmente, ela disse:

— Eu me tornei a mulher que queria ser. Tenho bem mais do que eu jamais imaginei que teria um dia. Fiz mais do que alguma vez sonhei fazer. Mas estou sozinha.

Era difícil para Lil imaginar que uma mulher tão confiante e bonita como Zhang não tinha um homem em sua vida. A verdadeira tristeza em sua voz deu a entender um nível de solidão mais profundo do que uma simples maldição romântica.

— Você não tem família? — perguntou Lil.

— Sim, é claro. Meus pais me visitam em qualquer lugar que eu esteja morando, mas eu sempre vou dormir sozinha. Eu acordo sozinha. Quando fecho um negócio e quero comemorar, posso chamar meus amigos, que ficam imaginando quanto mais dinheiro eu ainda irei querer ganhar; ou meus pais, que pensam que é hora de me concentrar em encontrar um marido; ou posso guardar essa notícia só para mim. Muitas vezes, é isso que eu faço. — Os intensos olhos negros de Zhang revelavam uma dor que Lil poderia garantir não ter sido compartilhada com muitas pessoas. — Sua irmã me disse que você não aceita ajuda de ninguém, porque quer ser independente. Tome cuidado com o que você deseja. Nem sempre é o que a gente pensou que seria.

Lil pensou em Jake. Ela ficara com medo de perder-se se aceitasse alguma ajuda dele, mas, revendo os acontecimentos, Jake havia mostrado consistentemente que valorizava os interesses e objetivos dela. Teria sido fácil, para um homem rico como ele, descartar seu desejo de acabar o curso, mas ele não tinha feito isso. Qualquer outro poderia ter pedido para ver um de seus esboços e a enterrar sob uma avalanche de elogios que não teriam significado nada, mas Jake não fizera isso. Ele tinha respeitado o desejo que todo artista tem de aprender e melhorar. Seu íntimo lhe disse que Jake não iria fazê-la escolher, ela ainda poderia ser uma mulher forte e independente. E ser dele.

Se ele a amasse.

Sim, ele a queria. Sim, ele a respeitava, mas... E se não tivesse nada mais do que isso para oferecer a ela?

Mesmo que eu leve minha traição comigo para o túmulo... Metade de Jake é melhor do que nada?

Havia muitas coisas sobre as quais Lil não tinha controle: ela não podia fazer Jake amá-la, não podia desfazer o passado, mas podia muito bem colocar suas inseguranças de lado e fazer a coisa certa para Abby.

— Eu vou te propor um acordo, Zhang.

A mulher olhou para ela.

— Vou conversar com Abby e dizer a ela que adoraria ser sua dama de honra, se você aceitar ser madrinha dela. Você me manterá longe de problemas durante o casamento, e em troca, farei você rir muito.

A expressão de Zhang foi difícil de interpretar.

— Aceita? — perguntou Lil, esperançosa.

— Sim — disse ela lentamente.

Abby saiu para a varanda.

— Oh, então foi aqui que vocês duas vieram se esconder.

Zhang levantou-se e respondeu:

— Me desculpe, eu sei que vocês duas têm coisas para discutir.

Lil tocou o braço de Zhang antes de ela sair e disse:

— Obrigada.

Zhang assentiu com um sorriso e, quando já estava bem próxima de Lil, murmurou:

— Não tenha medo de voar. Procure suas asas.

E saiu da varanda.

Abby veio sentar ao lado da irmã. No começo nenhuma das duas falou nada, depois, disseram ao mesmo tempo:

— Eu sinto muito — e pararam.

Lil disse:

— Eu gostaria que existisse um botão que fizesse a gente começar tudo de novo, Abby. Sinto que tenho tanto do que me desculpar com você.

Abby pegou a mão de sua irmã.

— Eu entendo esse sentimento perfeitamente, acredite.

Lil apertou a mão dela.

— Eu a culpei por tantas coisas injustamente, Abby.

Abby colocou um braço sobre as costas da irmã.

— Oh, não se preocupe, algumas vezes a culpa era mesmo minha, tenho certeza. Eu queria estar lá para você, Lil, tanto que às vezes não ouvia o que você estava me dizendo que realmente precisava.

Lil disse:

— Eu sinto muito por ter envergonhado você na frente da família Andrade.

Abby deu um pequeno sorriso.

— Confie em mim, sua saída intempestiva não foi a parte mais embaraçosa da refeição.

Lil balançou a cabeça, confusa.

— Sério? O que aconteceu depois que eu saí?

Abby sugeriu:

— Vamos falar sobre isso mais tarde. Primeiro eu quero pedir desculpas por colocar você em uma posição desconfortável, pedindo-lhe para ser minha dama de honra na frente de todo o mundo.

Lil não poderia ter se sentido pior ouvindo aquilo. Os olhos dela encontraram os de sua irmã, e ela mostrou o tamanho de seu remorso.

— Bem, eu tenho certeza de que você pensou, justamente por isso, que a minha resposta seria um sim.

Abby tocou o rosto dela suavemente, como uma mãe tocaria o de um filho que precisava ser consolado.

— De qualquer forma, eu estava errada, e respeito sua decisão. Não entendo, mas sei que você não disse para me machucar.

— Estou com medo — desabafou Lil.

— Do quê, Lil? — Perguntou Abby, surpresa.

Era a hora de ser honesta, pelo menos, sem seus amigos em perigo.

— E se eu fizer alguma coisa que estrague tudo? Você, finalmente, é feliz. E eu fico feliz quando vejo você com Dominic, mas sinto que, quanto mais perto estiver de você e de seu casamento, mais chances eu tenho de estragar alguma coisa.

Abby abraçou Lil com força e disse:

— Se o meu relacionamento com Dominic é tão frágil que não pode sobreviver a uma aventura de Lil Dartley, então ele não vai durar mesmo.

Lil se afastou do abraço e procurou o rosto de sua irmã.

— Como você pode ser assim? Como você pode olhar o pior caso bem de frente, sem ter medo?

Abby sorriu tristemente e confessou:

— Quem disse que eu não tenho medo? Passo metade do tempo aterrorizada, e isso é assim desde que mamãe e papai morreram.

— Sério? — Aquilo não parecia ter vindo de Abby.

— Lil, eu tinha 18 anos quando eles morreram. Eu não fazia ideia de como pagar contas, manter uma casa, ser mãe de alguém.

A enorme responsabilidade que tinha caído sobre os ombros de Abby em uma idade em que ela deveria apenas pensar em si mesma subitamente encheu Lil de vergonha. O que ela poderia dizer a alguém que tinha desistido de tanto e a quem, em troca, havia mostrado tão pouco respeito?

— Mas você conseguiu fazer tudo isso.

— Sim, mas eu ia dormir, toda noite, me perguntando se havia feito alguma coisa certa.

— Você fez tudo certo, Abby. Você não tem nada a lamentar.

Ao contrário de mim.

— Lil, o medo é uma sensação bem desagradável, que aparece na vida de todos, em um momento ou outro. Dominic pode parecer duro por fora, mas também sente medo, assim como você e eu. Ele tem uma caixa de papéis que eram do pai dele, que recebeu depois do leilão que Nicole fez, e ainda não teve coragem para abri-la. A caixa poderá conter títulos, ações, ou uma carta pessoal de seu pai, mas ele diz que não quer saber o que tem lá dentro. Ele fala que já viveu infeliz por muitos anos, e não vai correr o risco de perder o que tem agora por causa de algo dentro uma caixa. Ele imagina que o que está lá dentro poderá arruinar a nova fase de seu novo relacionamento com a irmã e, até mesmo, o relacionamento entre nós dois. O medo é uma doença a que ninguém está imune.

Lil não sabia o que dizer. Ela se sentou calmamente, absorvendo as palavras de sua irmã.

Abby disse:

— Jake não é melhor. Eu costumava pensar que nada disso o afetava, mas o acompanhei de perto, em sua tentativa de resolver esta situação da China, e posso dizer, com certeza, que ele está bem estressado com tudo isso.

— A situação da China?

Abby hesitou e disse:

— Eu provavelmente não deveria comentar esse assunto com você, mas o servidor que Dominic deveria colocar on-line no próximo mês foi hackeado e corrompido. Nós podemos perder tudo se o negócio falhar. E é por isso que queremos nos casar depressa, simplesmente porque não sabemos como será nossa vida daqui a um mês.

Oh, meu Deus! Isso dá todo um novo significado para "muito rico ou muito pobre".

— Abby, eu não fazia ideia!

— Ninguém faz. Bom, na verdade, esperamos que ninguém faça. Eu só estou te contando porque isso pode explicar por que Jake não pode lhe mostrar o seu melhor nesse momento. Ele está sob extrema pressão para ajudar Dominic a encontrar uma solução e, até agora, nada funcionou.

Isso tudo explicava por que ele estava voando por todo o país e pagando propinas.

Poderia Jeremy ter encontrado algo que os ajudaria?

Abby continuou:

— Este fim de semana tem uma função dupla, uma festa de noivado e uma desculpa para Dominic poder estar com grandes programadores famosos sem que isso seja visto como um sinal de alarme. Jake vai precisar de uma amiga, Lil, especialmente na festa de amanhã.

Ok, agora você me deixou confusa.

— Não entendi.

Abby disse:

— Dominic está contando com a ajuda de dois dos maiores ícones da história da programação de computadores.

Lil deu de ombros.

Ainda nada.

Abby falou enfaticamente:

— Os pais de Jake.

— E isso é uma coisa ruim? — No momento em que fez a pergunta, Lil se lembrou de quando ela perguntou a Jake sobre seus pais, e como ele reagiu defensivamente.

— Dominic me disse que Jake jamais admite que eles são seus pais. Ele simplesmente se recusa a falar sobre eles.

Acredito.

— Então como é que Dominic conseguiu convencê-los a virem até aqui? — Quando o assunto era seu futuro cunhado, as possibilidades eram sempre infinitas.

— Disse-lhes que Jake queria que eles viessem.

— Oh, isso não está certo. — Jake não iria ficar feliz com essa mentira.

— Dom está convencido de que vai dar certo. — Abby não parecia tão segura disso. Ela segurou a mão de Lil, ao mesmo tempo que alguma coisa lhe ocorreu. — Você não pode contar nada disso a Jake, Lil.

— Não contarei.

— Eu não deveria ter dito nada a você.

Lil apertou mais forte a mão de sua irmã.

— Eu não vou falar nada para ninguém.

E ela estava falando sério.

Infelizmente, estou me tornando muito boa em mentir por omissão.

Hora de mudar de assunto.

— Abby, eu vou ser sua dama de honra.

Com um suspiro feliz, Abby lhe deu um abraço longo e apertado.

— Fico muito feliz, Lil.

Lil a abraçou de volta e gostaria de poder dizer o mesmo.

— No entanto, tenho um pedido a fazer.

— Hum — resmungou Abby com um sorriso cúmplice.

— Escolha vestidos que sejam bem sexy. Do tipo *eu-sei-que--você-mataria-para-ter-um-desses*, mas sofisticados — disse Lil.

Abby riu.

— Vou falar sobre isso para Marie. Ela é fantástica para esse tipo de coisas.

— Você se dá muito bem com ela, não é? — Perguntou Lil.

Abby disse:

— Eu sei que Dominic tem uma de verdade, mas ele sempre corre para Marie quando precisa de uma mãe.

Lil tossiu.

— Dominic precisa de uma mãe?

Abby sorriu.

— Todo mundo precisa de alguém em sua vida que o ame incondicionalmente e o lembre de ter bons modos.

Lil balançou a cabeça em admiração.

— Não consigo imaginar alguém fazendo isso com Dominic.

Abby jogou uma mão para dar ênfase e riu.

— Ah, é divertidíssimo de se ver. E ela também está sempre colocando Jake em seu lugar.

Isso eu gostaria de ver.

— Ela não é assistente de Dominic, apenas? — Perguntou Lil.

— Isso é o que ela vai tentar lhe dizer, mas é bem mais que isso. Ela entrou na vida deles há sete anos. Dominic tinha acabado de assumir a empresa da família Andrade e estava em uma grande briga com a irmã. Jake discordou da maneira como ele estava lidando com a situação, e ameaçou até abandonar a empresa. Pelo que eu entendi, Marie testemunhou uma das brigas dos dois e disse que estava muito chateada com o comportamento deles. Dominic faz uma imitação muito engraçada de Marie, você vai ter de pedir para ouvi-lo, um dia desses. *Parem de brigar neste instante. Você estão parecendo duas crianças. Jake, você não entende que Dominic está machucado com o que está acontecendo com a irmã dele? Dê seu apoio a ele. E, Dominic, você vai pedir desculpas agora por ameaçar matar Jake. E cuidado com a linguagem de vocês. Na minha época, os homens não usavam palavrões na frente das mulheres, então eu gostaria que vocês dois se abstivessem de usar essas palavras, no futuro.* Dom me contou que, quando eles pararam de rir, fizeram exatamente o que ela estava mandando. Ele e Jake eram amigos desde a faculdade, mas Marie os fez virarem uma família.

Uau.

— E o que a mãe de Dominic acha disso tudo? Rosella, não? — Devia ser muito difícil para ela ver outra mulher assumir seu papel. Lil não conseguia imaginar como ela própria se sentiria se algo parecido acontecesse com sua filha. A ideia era aterradora.

Abby respondeu:

— Dominic a vê algumas vezes. Ele a ama, mas ainda está machucado. E talvez assim seja para sempre. Ela machucou os filhos quando os abandonou. E essa dor não vai desaparecer assim de repente.

— Foi a isso que Nicole estava se referindo quando disse que alguém poderia vir amanhã? — *Ah, faz sentido agora.*

— Sim, e isso foi um grande passo para ela. Exceto por uma reunião rápida, Nicole sempre se recusou a vê-la.

— Eu não a culpo por isso. Ela pensou que a mãe estava morta. — Lil achou difícil sentir alguma simpatia por uma mulher que havia abandonado seus filhos e fingido a própria morte para se proteger.

Abby disse:

— Estamos nesse planeta apenas por algum tempo, Lil. A vida é muito curta e preciosa demais para alimentar dores antigas. Às vezes é melhor deixar fluir para a gente poder se curar.

Ah, é mesmo? Esta atitude ainda precisava ser testada.

— Isso significa que você me perdoou completamente por ter destruído seu primeiro carro?

O rosto de Abby ficou ligeiramente corado.

— Aquele que eu já havia pagado completamente e que poderia ter usado por vários anos se você não tivesse usado para um passeio antes de ter sua carteira de motorista?

Talvez tivesse sido a coisa errada para ressuscitar.

— Quando você fala assim, soa horrível.

Abby deu um tapinha em um dos ombros de Lil, em apoio simulado.

— Eu te perdoei, mas isso não significa que não vou gostar de assistir Colby fazendo o mesmo com você.

— Ai, essa doeu! — Lil riu.

— A verdade muitas vezes dói — Abby brincou de volta.

Lil ficou séria e perguntou:

— Estamos bem, certo, Abby?

Abby abraçou a irmã pela última vez e usou uma frase que começara a usar quando assumiu a liderança da casa, e continuou usando, apesar de todas as diferenças entre as duas.

— Juntas estaremos sempre melhor.

Lágrimas se derramaram pelo rosto de Lil. Oh, como ela tinha ridicularizado Abby ao longo dos anos por repetir aquele mantra sempre que as coisas ficavam feias entre elas. Hoje, finalmente, estava ouvindo algo nessas palavras que ela pensou que Abby jamais tinha dito. Isso a fez sentir muita vergonha por sempre haver pensado que sua irmã estaria ali para ela e, ao mesmo tempo, grata por que Abby a havia amado, apesar de tudo.

Pela primeira vez, Lil repetiu aquelas palavras, concordando:

— Juntas estaremos sempre melhor.

Sua irmã, normalmente sempre mais contida, a abraçou com força e desabou em lágrimas.

Lágrimas de felicidade.

Lágrimas de limpeza.

— Sobre esse carro — Lil acrescentou, para aliviar o clima.

Abby se afastou um pouco e sorriu, enquanto limpava o rosto.

— Continuarei gostando de ver o que Colby vai fazer com você.

— Eu também te amo, Abby. — Lil quis dizer aquelas palavras com algum sarcasmo, mas elas saíram como uma declaração sincera.

Abby sorriu e se levantou, oferecendo a mão para a irmã.

— Eu sei, Lil. Agora, vamos escolher qual vestido você irá usar na grande festa de amanhã à noite. Bom, e vamos ver se achamos um bem sexy.

Mais tarde naquela noite, Lil estava escolhendo um livro para ler para Colby. Ela pegou todos os que havia trazido, mas os rejeitou. Por fim, pegou Colby no colo, apenas com a mamadeira, e falou:

— A partir de agora vamos ler livros com o alfabeto em vez desse lixo. Nenhum desses livros vai preparar você para a vida. No mundo real, o pé da gente nunca tem o tamanho certo, os homens não se apaixonam só porque ouvem a gente cantar e se sete homens te convidarem para morar com eles, eu quero que você diga não.

Colby estava mais interessada em seu jantar do que na improvisada lição de vida de sua mãe.

— Ótimos conselhos — disse Jake, atrás dela.

Lil se virou, ouvindo um leve protesto de Colby antes que ela se acomodasse novamente com a mamadeira.

— O que você está fazendo aqui?

— Nós precisamos conversar.

— Estou em minha suíte privada. Você não pode entrar aqui assim.

— Você quer que eu saia e bata de novo? Você não respondeu quando eu bati.

— Oh, desculpe. Eu não escutei. — Depois, pensou melhor. — Espere, eu não tenho que me desculpar com você. Se ninguém responde, você simplesmente não pode entrar. — Para a alegria de Lil, havia um pouco de *eu faço o que eu quiser* nos olhos de Jake. — Você teve a oportunidade de falar comigo lá embaixo. Outro homem teria percebido isso.

— Estou cansado desses jogos, Lil. Está na hora de sermos honestos.

Honestos.

Talvez ele estivesse certo. Talvez a única maneira de superar tudo isso era contar toda a verdade. Ele não era um homem vingativo. Ela lhe explicaria que Alethea e Jeremy só estavam tentando descobrir se Abby estava em segurança. Ele entenderia.

Além disso, havia uma boa chance de Jeremy ter descoberto algo útil.

Abby provavelmente nunca a perdoaria se ela contasse a Jake que Dominic tinha convidado seus pais, mas ele não merecia saber? Afinal de contas, Jake não havia passado as últimas semanas tentando salvar Dominic? Ah, ele não merecia ficar sem saber tudo.

Honestidade, aqui vou eu.

— Sim, está — disse ela. — E eu tenho algo que preciso dizer... — Quando ele se afastou da porta e entrou na sala,

Lil notou que um dos seus olhos estava negro, como se tivesse levado um soco. Jake se agachou ao lado da cadeira dela e Lil tocou um machucado em sua mandíbula. — O que aconteceu com seu rosto?

— Dominic não gostou de escutar a verdade.

Lil se sentiu imediatamente ofendida.

— Ele bateu em você?

Estranhamente, Jake pareceu bastante satisfeito com ele mesmo.

— Eu diria que nós batemos um no outro.

— Por que vocês brigaram?

Sempre havia uma chance de não ser por causa dela, mas Lil estava começando a pensar que falar a verdade poderia não ser a melhor ideia. Por enquanto, honestidade continuava parecendo algo bem doloroso.

— Uma diferença de opinião... — disse ele.

— Sobre o quê?

— Será que isso importa?

— Talvez.

Jake empurrou uma mecha de cabelo para trás da orelha.

— Dom e eu somos amigos desde o tempo de faculdade. Nós construímos a Corisi Enterprises do zero. Eu jamais me importei com o fato de ele querer ser a cara da empresa. No entanto, às vezes, ele se esquece de que eu tenho investido tanto em tudo isso quanto ele.

— E você lhe deu um soco para lembrá-lo?

— Ele começou. — A expressão de Jake se tornou mais íntima. — Parece que alguém falou para ele que eu e você dormimos juntos.

Lil corou até à raiz dos cabelos.

— Oh... Foi sobre isso...

Ele sorriu e passou o dedo em seu lábio inferior.

— Você não é boa para guardar segredos.

Oh, você ficaria surpreso.

— Jake...

Ele colocou uma mão em cada lado de sua cadeira e disse:

— Não interessa. Eu acho que ele teria descoberto, de qualquer maneira. E isso não muda o que sinto. Eu pretendo me casar com você, Lillian Dartley.

Ela sentiu o quarto girar.

Respire.

Lil olhou para sua filha e disse:

— Colby, os homens dizem tudo que for preciso para conseguir o que querem.

Jake pegou o queixo de Lil em sua mão, levantou seu rosto e ela foi obrigada a encontrar seus olhos.

— Os meninos fazem isso, Lil, não os homens.

Ele tomou os lábios dela, suavemente, e a beijou como jamais alguém havia beijado. Um beijo que era uma promessa. Ela se afastou e ficou de pé, forçando-o a recuar.

— Colby está cansada.

— Eu vou esperar.

Uma onda de emoções fez Lil estremecer. Ele havia falado novamente a palavra casamento, mas sem qualquer menção ao amor. Dominic o teria obrigado a casar com ela? Lil tinha certeza de que não queria saber a resposta para essa pergunta.

— Estou cansada — disse apenas.

Embora ele parecesse ter mais a dizer, somente balançou a cabeça, deu um beijo em Colby e se afastou. O coração de Lil pulou dentro do peito. *Se parecia amor e agia como alguém que ama, então, poderia ser mesmo amor, não?*

— Nós vamos continuar essa conversa amanhã. — Ele andou até à porta e, no meio do caminho, se virou. — O que você queria me dizer, Lil?

Ela não lembrou nada que pudesse falar.

Lil deu de ombros, sem jeito.

— Não lembro.

E, infelizmente, no tempo que levou para que ele saísse da sala, o medo manteve o branco na mente dela.

A realidade voltou com o barulho da porta se fechando.

Colby apertou o queixo de sua mãe. Lil olhou para baixo e sorriu.

— Sério? Você acha que teria dito a ele? Eu mal posso esperar até que você esteja apaixonada por alguém. Aí, vai ver que não é assim tão fácil.

TREZE

A festa de noivado foi realizada em uma das imensas propriedades rurais de Dominic, a cerca de trinta minutos da cidade de Nova York. Pela manhã, Lil e Abby conferiram todos os detalhes com o pessoal, garantindo que tudo correria bem. A segurança era total em todos os cantos da propriedade.

Sra. Duhamel havia se oferecido para ficar com Colby durante o dia para Lil poder apoiar Abby, que oscilava entre a excitação do grande dia e verdadeiros ataques de nervos. Lil estava surpresa por ver como, sob sua forte fachada, Abby também se sentia preocupada e sucumbia ao pânico, do mesmo modo que acontecia com ela.

Para aliviar a tensão, Abby e Lil passaram duas horas fazendos os cabelos e as unhas com os profissionais que Dominic havia contratado para elas. Depois, Lil havia retornado para sua suíte sozinha, para se arrumar. Bom, sozinha é exagero. Lil estava se sentindo um pouco incomodada com toda aquela comitiva de empregados, cujo único trabalho era antecipar cada um de seus desejos. Abby havia lhe dito que, depois de um tempo, ela sequer iria notar o pessoal ou a segurança, mas Lil já estava sentindo saudades da privacidade de sua cobertura. Será que Jake vivia assim? Lil não era capaz de imaginá-lo tolerando aquela intromissão constante.

Naquela noite, ela parou no topo das escadas usando um vestido longo, laranja, sem mangas, e se perguntou se a escolha de sua roupa havia sido sensata. Muitas das mulheres que ela estava vendo lá embaixo, na festa, estavam vestidas bem mais discretamente, de vermelho ou preto, bastante sofisticadas.

Nicole acenou para Lil do outro lado da sala, parecendo bem confortável em seu vestido longo, apenas preso em um ombro, cor de champanhe. Ela e Stephan se moviam perfeitamente no meio da multidão, parando para se envolverem no que parecia ser apenas o tempo certo de uma conversa com cada grupo de convidados, passando em seguida para o próximo.

Dominic e Abby estavam no final do corredor, cumprimentando os convidados que chegavam. A festa parecia "coisa de cinema". Todo mundo parecia tão equilibrado, tão perfeito.

Eu nem sei como abordá-los.

Eu deveria ter perguntado.

Não, eu deveria ter fingido estar doente esta noite, isso é o que eu realmente deveria ter feito.

Como é que eu vou ser dama de honra de Abby se ao menos tenho coragem suficiente para deixar o topo dessa escada?

Como se pudesse escutar os pensamentos dela, Jake apareceu, nesse momento, no fundo das escadas, em um smoking simples e formal. O calor de seus olhos, quando ele olhou para ela, a deixou sem chão. Ela se forçou a descer as escadas normalmente em vez de voar para o lado dele, como realmente queria.

Quando ela chegou, ele a beijou de leve no rosto, lhe ofereceu o braço e sussurrou:

— Você está deslumbrante.

Ao lado dele, Lil se deixou perder na magia da noite, baixou o escudo sarcástico e respondeu:

— Você também.

Ele parou e olhou para ela, sorrindo.

— Miss Dartley, você acabou de me elogiar?

Ela não podia deixar de retribuir o seu sorriso.

— Eu consigo ser simpática.

Ele inclinou-se e sussurou em seu ouvido:

— Mas eu comecei a considerar as suas provocações como uma forma de preliminares.

Ela deu um tapinha no braço dele.

— Acredito.

As palavras dele faziam cócegas no ouvido dela.

— Se estivéssemos sozinhos eu lhe mostraria exatamente o que você faz em mim, mas eu posso esperar até mais tarde.

— Mais tarde? — Sua garganta ficou seca e o coração bateu mais forte.

— Ah, sim, depois que Dom e Abby fizerem seu anúncio, eu vou roubar você e te levar para minha suíte privada, na ala norte.

— E o que faz você pensar que eu vou com você?

Ele se escondeu atrás de um vaso de plantas com ela e reivindicou seus lábios com urgência. Lil hesitou por apenas um segundo antes de encontrar os lábios dele com entusiasmo. Sua língua brincou com a dela e depois entrou, persuadindo e excitando. As mãos dele a moldando, a segurando firmemente contra a evidência de sua necessidade por ela.

— Você irá.

Ele a afastou um pouco e alisou o vestido dela.

Eu tenho certeza de que vou mesmo, ela pensou e contorceu o rosto, sensualmente. *Talvez mais de uma vez.*

— Eu amo essa cara que você faz — disse ele.

Ela inclinou a cabeça, interrogativa.

Eles saíram de trás da planta e ele disse:

— Essa expressão que está dizendo que você está pensando alguma coisa bem safada, mas que não vai compartilhar. Passei a noite inteira imaginando o que você estava pensando nesses momentos.

— Eu poderia te dizer — disse ela corajosamente.

Ele a puxou para o seu lado enquanto caminhavam e murmurou sugestivamente:

— Por que simplesmente não me mostra depois?

Ela teria dito algo divertido, se tivesse sido capaz de pensar com coerência. Mais outra frase como essa e ela ia sugerir que eles encurtassem a noite, e as consequências que se danassem. Em vez disso, Lil tentou recuperar sua determinação e ganhar alguma clareza, olhando as pessoas ao seu redor. Jake a escoltou através da multidão e a apresentou a todos os convidados, de um primeiro-ministro a um xeique. Ele não a apresentou com um rótulo, mas seu braço não saiu da cintura dela por um segundo, e a mensagem de que era sua só poderia ter sido mais evidente se ele tivesse alugado um outdoor.

Não que Lil se importasse.

Sua atitude possessiva lhe deu mais um motivo para esperança.

Lil estava se permitindo relaxar e desfrutar da noite quando viu alguém do outro lado da sala, que imediatamente mudou seu humor.

Jake sentiu sua tensão e perguntou:

— Há algo de errado?

Oh, apenas potencialmente, tudo.

— Não — respondeu evasivamente Lil. — Eu apenas vi um conhecido.

Jake examinou a sala e perguntou friamente:

— Quem?

O tom dele fez, por segundos, Lil voltar seu foco para ele.

— Você está com ciúmes?

— Não — ele disse irritado. — Não — ele disse de novo, como se estivesse buscando uma resposta mais casual. Então, se virou e a olhou de frente — Eu deveria estar?

Não, mas se você soubesse toda a verdade, preferiria que isso fosse sobre outro homem.

— Não, a menos que você ache que eu gosto de mulheres altas, com cabelos vermelhos. — respondeu Lil.

Ele soltou uma respiração lenta.

— Você é amiga de Alethea?

Lil juntou as sobrancelhas:

— Como você a conhece? — Então se lembrou — Ah, quer parar de ler o relatório sobre meus antecedentes, por favor? Não é justo.

— É minha culpa se o relatório era profundo?

— Vai ser culpa sua se eu pisar no seu pé com o salto do meu sapato.

Ele acenou com a cabeça.

— Entendido.

Lil tentou se afastar.

— Me desculpe, mas eu preciso falar com ela por um momento...

— Eu vou com você.

— Não, você não pode porque... — Ela parou. *Chega de mentiras.* — Jake, você confia em mim?

Sua expressão era uma incógnita. Então ele disse:

— Sim.

— Acredite em mim quando eu digo que preciso falar com Alethea a sós e eu não posso te dizer o porquê. Eu gostaria de te contar, mas é um assunto que não envolve apenas a mim. — Ela pegou a mão dele, tentando transmitir a importância do assunto, sem revelar nada.

— Isso parece muito sinistro.

— Até que pode acabar sendo algo bom, mas eu não posso dizer mais do que isso agora. Você faz isso por mim? Pode me dar um pouco de tempo para descobrir isso?

Parecia que era a última coisa que ele queria fazer, mas disse:

— A confiança deve ser recíproca, Lil.

— Eu sei — ela respondeu nervosa. *Espero não perder a sua depois disso.*

— Vou pegar uma bebida — ele disse e retirou seu braço ao redor dela.

Não, ela queria gritar, mas o deixou ir embora. De alguma forma, ia fazer tudo aquilo dar certo.

Ela voou para o lado de Alethea e agarrou seu braço.

— Que diabos você está fazendo aqui? — Lil sussurrou para a amiga.

— Você não vai me dar os parabéns por eu ter conseguido entrar em um dos eventos mais fortemente vigiados da história recente? Eu mesma coloquei Jeremy aqui dentro. Olhe ele lá, junto da mesa de aperitivos.

Lil olhou e viu um homem comendo um monte de camarões. *Oh, meu Deus.*

— Eu pensei que havíamos combinado que você não iria fazer nada disso.

Alethea jogou o espesso cabelo vermelho sobre um ombro nu. Ela estava usando um vestido preto, bem chique, assinado por Tom Ford, e se misturava perfeitamente com as outras convidadas, parecendo mais uma estrela de cinema do que uma consultora de segurança. Os olhos dela brilharam de raiva.

— Você deveria ter me contado que os Waltons estariam aqui. Eles são como o Santo Graal da programação de computadores. Eu nem sabia que eles ainda estavam vivos até que recebi a notícia de que viriam para a festa. Eu não podia perder isso por nada. Nossa! Jeremy até deixou seu porão para vê-los. Eles são bons mesmo!

— Você não tem medo de que alguém descubra tudo, o trazendo até aqui?

— Não, porque Jeremy garantiu que ninguém jamais vai saber o que fizemos, a menos que você diga algo sobre isso. — Alethea lançou um olhar bem significativo para Lil. — E você não vai falar nada, não é, Lil?

Lil ficou nervosa. Seus sentimentos estavam confusos.

— Eu preciso dizer a eles, Al. Jake e Dominic estão em perigo real de perder a sua empresa se não corrigirem seu problema de servidor e Jeremy pode ser o único que sabe de algo que possa ajudá-los.

— Temia que você fosse dizer isso — Alethea suspirou. — Você nunca foi uma boa mentirosa.

Lil levou uma mão agradecida e trêmula à boca quando percebeu o verdadeiro motivo de sua amiga estar ali naquela noite.

— Você trouxe Jeremy para o caso de eu precisar dele.

Alethea balançou a cabeça e disse:

— Eu também sei de pelo menos três maneiras de sair daqui se a coisa correr mal.

Lil olhou para o homem que estava colocando caranguejo nos bolsos do paletó xadrez.

— E Jeremy está metido nisso? Ele vai nos ajudar?

Alethea fez uma careta e disse:

— Ele realmente quer conhecer os Waltons, mas eu também prometi fugir com ele para o México se Dominic decidir prestar queixa e nós precisarmos ir e criar novas identidades para nós.

Lil mordeu o lábio para disfarçar o riso em uma situação que era realmente muito assustadora.

— Ele gosta de você tanto assim, né?

Alethea estremeceu.

— Sim, mas preciso parar com isso. Ele não é meu tipo. — Ela olhou ao redor da sala e acenou com a cabeça na direção de um homem bem constituído, de olhar intenso, vestido com um smoking, mas que estava demasiado alerta para ser um dos convidados. — Aquele homem sim, poderia me revistar sempre que quisesse.

Como sempre, a escolha de Alethea recaiu sobre um dos homens mais perigosos da sala.

— Ele é o chefe da segurança de Dominic. Não tem senso de humor. — Lil tentou recuperar a atenção da amiga a acotovelando discretamente. — Pare de paquerá-lo. Se ele descobrir que você entrou aqui de penetra, nós duas estamos mortas.

— Não se preocupe com ele, sei como lidar com a situação. — Alethea piscou para o homem do outro lado da sala e sorriu quando ele corou. — Oh, sim. Eu poderia realmente me divertir um pouco com ele.

— Não, Al, não tem graça — Lil implorou. — Prometa-me que vai com calma hoje à noite. Nós teremos muita sorte se não acabarmos presas quando tudo isso terminar.

Alethea suspirou dramaticamente.

— Tudo bem, estraga prazeres. Os sacrifícios que fazemos por amizade...

Pedir para Alethea ficar longe de problemas era como pedir para um cachorro sair do sofá. Certo, ela até que poderia parecer bem inocente enquanto Lil estivesse por perto, mas ela sabia que as coisas seriam muito diferentes logo depois que se afastasse.

— Eu serei bastante útil a você me fazendo passar por Sra. Jeremy Kater.

— Legal, Lil. Eu vou me lembrar disso quando os carros da polícia chegarem.

Lil ficou séria por um momento, quando imaginou a possibilidade real de algo dar errado, e entendeu o quanto sua amiga havia arriscado para protegê-la.

— Eles não virão. Não quando Jeremy contar para Jake o que ele encontrou. Obrigada, Al.

Alethea minimizou a gratidão de Lil, mas ela sabia que havia tocado o coração de sua amiga quando ela a ouviu dizer:

— Vai! — Disse Alethea. — Vá logo buscar Jeremy e salve seu homem. Eu estarei aqui se você precisar de mim.

Com um último abraço agradecido, Lil se afastou de sua amiga.

QUATORZE

Aproveitando-se da ausência momentânea de Lil, Jake se dirigiu a Dominic.

— Então, onde está o casal que você acha que tem a resposta para todos os nossos problemas?

Dominic hesitou, um sinal claro de que estava fazendo algo que achava que Jake não iria aprovar.

— Victor está conversando com eles no escritório. Eles não estão querendo ser vistos em público.

— Mas eles concordaram em vir em uma festa como essa?

Dominic deu de ombros.

— *Você* conseguiu os atrair até aqui.

— Quem diabos?... — Assim que a ideia surgiu em sua mente, Jake ficou tenso, sentindo uma raiva crescente. — Diga-me que você não trouxe meus pais para essa festa.

— Seus pais se chamam James e Judith Walton?

— Dominic — Jake passou a mão pelos olhos. — Você simplesmente desperdiçou mais uma semana de nosso tempo em um beco sem saída. Faz anos, quase dez anos que eles não trabalham no campo da informática.

— Eles parecem entender muito bem nosso problema.

— Isso é porque eles são gênios, mas uma década de agricultura no Maine não é uma boa preparação para resolver um problema como esse.

— É incrível pensar que eles foram dois dos mais renomados físicos que existem, e que praticamente inventaram a criptografia quântica, do zero. Não foram eles que acusaram o governo de ter roubado seus projetos de software para fins militares?

— Sim, eles fizeram isso. Alegaram que alguns de seus experimentos com feixes de laser foram roubados e usados para avançar o programa de mísseis guiados. E também estão convencidos de que Ivan Getting roubou suas notas iniciais de posicionamento global e as vendeu para os militares.

— Você não acredita neles?

Jake lançou um olhar a Dominic.

— Faz tempo que eu parei de me preocupar com a verdade. Meus pais pagaram um alto preço pelo dom da inteligência. Eles construíram uma realidade compartilhada com base em paranoia e um senso de autoimportância superinflado. Estou surpreso por você ter conseguido convencê-los a saírem de sua fazenda.

Dominic ignorou o comentário e continuou falando.

— Eles disseram que estavam sentindo a sua falta. Quanto tempo se passou desde que você os viu pela última vez?

— Você vai me dar um sermão sobre relações familiares? — Ele balançou a cabeça, irônico. — Eu não quero me vingar dos meus pais. Eu simplesmente não tenho uma relação próxima com eles. Na verdade, eu acho que quanto menos tempo eu passar com eles, mais felizes todos nós seremos.

— Eles não me parecem assim tão ruins.

— Você não cresceu com eles — Jake rosnou.

Dominic sorriu.

— Você está ficando irritado com isso?

— Não — Jake cerrou os dentes, quando ouviu a emoção em sua negação. Respirou para acalmar-se. — Não ficaria surpreso se eles se recusassem a ajudar. Se não tiver alguma coisa a ver com algo em que estão trabalhando, ou aparentemente plantando ultimamente, eles não costumam gastar tempo com isso.

— Eles se interessaram o suficiente para virem até aqui, Jake. Dê algum crédito a eles por isso.

Agora era um pouco tarde demais para eles fingirem ser pais dedicados. Quando Jim e Judy estavam juntos, eles não precisavam de outras pessoas, sempre havia sido assim. Por que haviam se dado ao trabalho de ter um filho era uma coisa que ainda hoje confundia Jake. Ele havia sido uma responsabilidade que sempre vinha depois da ciência, depois deles dois, e depois de sua crescente desconfiança no governo. Mais vezes do que Jake gostaria de lembrar, seus pais haviam se esquecido de pegá-lo na escola, de fazer as refeições para ele, de verificar se ele tinha roupas limpas. Jake aprendeu bem cedo que a única pessoa em quem ele podia confiar era nele mesmo. Aos 11 anos de idade, escolheu um colégio interno e ele próprio fez sua inscrição para conseguir uma vaga. Uma pequena esperança dentro dele lhe dizia que seus pais acordariam e que lhe pediriam que não fosse, mas, em vez disso, Jim e Judy haviam elogiado a escolha do colégio e foram correndo levá-lo até lá, parecendo horrivelmente aliviados por estarem se livrando do filho.

A cada verão, Jake sempre encontrava razões para não voltar para casa — estágios e programas de estudo no exterior. O motivo simplesmente não importava para seus pais, nem o lugar para onde ele estava indo. Eles lhe mandavam dinheiro quando ele pedia e achavam que, afinal, isso era tudo o que importava.

Férias de Natal e de Páscoa sempre eram momentos piores. Durante anos, ele podia optar entre ir para a casa de seus pais, que não acreditavam nas comemorações, que alegavam ter sido arbitrariamente escolhida por governos ou religiões, e só por isso eram importantes; ir para a casa de um amigo com uma família unida, coisa que, dolorosamente, só lembrava a Jake que ele não tinha uma verdadeira família; ou ficar sozinho durante essas épocas do ano.

Ter se tornado amigo de Dominic, na faculdade, havia oferecido a Jake uma alternativa bem melhor... Projetar uma empresa que iria crescer e, um dia, dominaria o mercado de computadores.

Ele jamais sentiu pena de si mesmo e, com o tempo, foi adicionando sempre mais um número à sua conta bancária.

Todos falam que dinheiro não traz felicidade, mas pode tornar a vida bem mais suportável. E, até bem pouco tempo, Jake afirmava veemente que não havia uma única coisa que mudaria em sua vida.

Mas agora existia uma, duas, na verdade.

Ele queria Lil fazendo parte dessa vida. Lil e Colby.

Jake não queria acordar na segunda de manhã, em sua casa, se nenhuma das duas estivesse lá. Mas ele não precisaria acordar sem elas, porque já havia decidido que elas iriam para casa com ele quando o fim de semana acabasse. Lil aceitaria sua proposta. Quando ela pensasse bem sobre o assunto, ela aceitaria.

Mas, ela teria que esperar, no entanto. Seus pais eram o assunto mais urgente no momento.

— Eu vou falar com eles, Dom, mas se prepare para começar uma busca intensa por soluções, novamente, na segunda-feira.

Jake se preparou e abriu a porta do escritório.

— Judy. Jim. Que agradável surpresa.

Sua mãe parou de falar com o marido e com Victor Andrade quando ouviu a voz de seu filho. À primeira vista, ela parecia estar igual exceto, talvez, por seu cabelo escuro, na altura dos ombros, estar agora um pouco mais cinzento. Sua blusa creme, de grife, e sua calça comprida, marrom, eram roupas caras, mas discretas, e ela não estava usando acessórios ou joias. Apesar de os pais de Jake terem nascido ambos em famílias ricas, eles jamais ostentaram riqueza; Jim e Judy sempre haviam preferido gastar seu dinheiro em suas pesquisas, em vez de usá-lo para comprar bens materiais, como os que a maioria das pessoas deseja. O cabelo cinzento do pai estava longo demais para o estilo em que ele tentou penteá-lo, indicando que ele, provavelmente, havia se esquecido de marcar hora para cortá-lo. Estava vestindo o mesmo paletó azul-escuro e a mesma gravata-borboleta, roxa com listas, que havia usado para todos os eventos formais nos últimos vinte anos. Enfim, nada mudara muito nesses três anos, desde que Jake tinha visto seus pais pela última vez.

— Jake — disse sua mãe, cumprimentando-o. Mas ela não saiu de seu lugar para abraçá-lo.

Ele não esperava que ela fizesse isso, então, na verdade, não existia razão para a pontada de decepção que ele estava sentindo. Em apenas trinta segundos, seus pais sempre conseguiam fazer o que ninguém mais era capaz: fazer Jake se sentir insignificante. Ele se juntou ao grupo e apertou a mão que seu pai estendeu.

Jim o encarou por um momento, e perguntou:

— Você está bem, Jake?

Jake tocou um dos hematomas no rosto e respondeu:

— Parece pior do que é.

Victor deu uma palmada afetuosa nas costas de Jake e riu:

— E bem melhor do que o outro cara, *sí*?

Jake sorriu antes de encontrar o olhar de desaprovação de sua mãe. Apesar de ela se manter em silêncio, ele podia ouvir a voz dela dentro de sua cabeça: *Nós não toleramos violência física, Jake.*

Ele suspirou.

Sua mãe disse:

— Victor nos contou o que está acontecendo. Estou surpresa que sua empresa esteja usando um algoritmo de criptografia de chave simétrica tão fraco para seus códigos de acesso.

Jake se defendeu:

— Sim, muitos de nossos protocolos usam a criptografia simétrica, mas nossas transferências de dados mais sensíveis utilizam uma cifra híbrida e assimétrica. É perfeitamente aceitável utilizar o método mais seguro para iniciar o acesso e não para transmitir o volume de dados.

— Você não estaria nessa situação, hoje, se tivesse usado chaves quânticas — sua mãe o repreendeu.

— Sua mãe está certa, Jake — Jim concordou.

— Isso não foi uma decisão minha. Eu não sou programador.

Sua mãe o interrompeu:

— Mas deveria ser. Você está desperdiçando seu talento. Você é inteligente demais para ser o criado de Dominic Corisi.

Jake sentiu cada músculo de seu corpo ficar tenso, e não conseguia controlar sua reação.

— Eu sou bilionário. Eu dou emprego para centenas de milhares de pessoas em todo o mundo. Países entraram na corrida tecnológica por causa dos avanços que eu ajudei a trazer para eles. Me perdoe se eu não quero sentar em um laboratório em algum lugar, mexer com prótons até que invente a chave de criptografia perfeita ou, depois de ter desistido de tudo isso, me ocupar com a agricultura em alguma cidade caipira da Nova Inglaterra. Eu não sou você.

— Mostre a seus pais o respeito que eles merecem, Jake — Victor disse severamente.

— Isso é exatamente o que estou fazendo — Jake respondeu.

Victor começou a dizer alguma coisa, mas Judy o deteve com um gesto apaziguador.

— Não, Victor, ele está certo. Eu não tive a intenção de menosprezar suas conquistas, Jake. É claro que nós estamos orgulhosos por você ter conseguido ficar rico. Nós apenas esperávamos muito mais de você.

Esse discurso não diminuiu a fúria de Jake, mas ele deu um suspiro calmo e profundo. Discutir com seus pais não adiantaria de nada. Eles nunca entenderiam o valor de seu trabalho. Isso não deveria incomodá-lo. Enfim, convidá-los para a festa tinha sido uma enorme perda de tempo, e ele estava prestes a provar isso.

— Temos pouco mais de três semanas até nosso servidor ficar on-line na China. Acha que você e Jim podem encontrar a causa dos códigos comprometidos?

Seu pai respondeu:

— Nós não saberemos ao certo até acessarmos o programa, mas parece que há algo mais acontecendo. Alguns de seus códigos pareciam funcionar inicialmente e, em seguida, foram corrompidos? Isso sugere um vírus Trojan ou algum tipo de porta de acesso atrás do código. Se o hacker que mexeu neles era bom o suficiente, esses códigos podem ser difíceis de localizar. Não é impossível, mas o processo pode levar bastante tempo. Não há nenhuma maneira de dizer se vamos cumprir o seu prazo. Seria bem mais fácil se nós soubéssemos com o que estamos lidando.

— Basta dizer que você não consegue fazer isso — Jake falou, agressivo.

Judy Walton caminhou até seu filho e levantou a mão para tocar-lhe o rosto, mas Jake se afastou do carinho dela. Então, ela deixou a mão cair ao longo do corpo.

— Nós estamos querendo ajudá-lo.

Jake passou a mão pelo cabelo bem penteado.

— Mas faz tempo que vocês não trabalham nessa área, eu sei. Dominic nunca deveria ter pedido isso a vocês.

Jim se juntou à esposa, colocando um braço em volta de sua cintura, suavemente, em apoio silencioso.

— Você sabe em que é que nós estamos trabalhando, Jake?

— Em técnicas de agricultura? — respondeu Jake com desdém.

Seu pai balançou a cabeça.

— Longe disso. — Ele olhou para Victor como se estivesse avaliando se ele poderia confiar aquela informação. Então, continuou:

— Nós estamos trabalhando em bioengenharia de próxima geração, criptografia orgânica, sequências de codificação de informações em nível do DNA. Imagine ter códigos de acesso químicos armazenados dentro de suas próprias células. Códigos que permanecem intactos mesmo através de sua descendência. Imagine só! Você poderá transmitir essa tecnologia para seus filhos.

Victor ergueu uma das mãos e disse:

— Isso é impossível. Você não pode adicionar códigos de DNA sem alterar a sua função.

Jim respondeu dando de ombros, humildemente.

— É impossível em animais, até agora, mas já foi comprovado que funciona com algumas plantas.

Criptografia de DNA? Seus pais estavam vagando mais longe da realidade do que ele imaginava.

— Outra descoberta que mudará o mundo? Você não tem medo de que Victor vá roubar sua ideia agora que você a compartilhou?

Sua mãe olhou por cima do ombro, para o marido, e depois de volta para o seu filho. As linhas do seu rosto se aprofundaram com a emoção.

— Seu pai e eu encaramos uma terrível realidade, recentemente. Nós não estaremos aqui para sempre. Então, passamos algum tempo reavaliando nossas prioridades.

Jake suspirou com impaciência e se afastou um pouco dela.

— Judy, não tome isso tão duramente quanto parece, mas eu não tenho tempo para ficar aqui discutindo sua crise de envelhecimento.

Seu pai concordou, mas seu tom de voz era surpreendentemente firme.

— Provavelmente, nós merecemos esse comentário, filho, mas dê à sua mãe mais alguns minutos de seu tempo.

Realmente, só a presença de Victor segurou a língua de Jake.

— Tudo bem. Eu estou ouvindo.

Sua mãe parecia desconfortável, quase nervosa, quando ela disse:

— Eu sei que nós não fomos os pais que você gostaria de ter, Jake. Você queria pais que saíssem correndo para a escola quando você se machucava, ou que fizessem bolos para você comer quando chegasse em casa.

Jake disse, triste:

— Eu teria ficado feliz se vocês tivessem aparecido apenas em uma das minhas formaturas.

— Não é uma desculpa, Jake, mas a pesquisa pode ser viciante. Quando você está chegando perto de um grande avanço, você simplesmente não quer se afastar. O tempo escapa e de repente você percebe que mais um dia se passou.

— Bem, então eu acho que preciso agradecer a vocês por terem vindo até aqui — disse Jake, maldoso.

Para sua surpresa, sua mãe juntou as mãos, em um gesto que pareceu compreenssivo.

— Seu pai e eu cometemos alguns erros. Nós não nos protegemos a nós mesmos ou a nossas descobertas tão bem como deveríamos e por isso perdemos algumas delas para outras pessoas. Mas você sabe o que nós lamentamos mais do que qualquer outra coisa?

Jake balançou a cabeça e olhou o relógio.

— Nós não protegemos você de nossa obsessão. — Sua voz tremeu e Jake sentiu a raiva queimando em seu estômago. Ele não queria que as palavras dela o tocassem, despertando um sentimento que ele havia deixado de lado muito tempo atrás. — Perdemos sua infância e eu sei que você preferiria estar em qualquer lugar menos aqui, conosco, mas não nos impeça de falar. Nós te amamos.

— Amam? — Jake recuou ao ouvir aquela palavra. — O amor é para pessoas que não têm nada melhor em que acreditar. Eu não preciso de amor. Eu preciso saber se vocês podem consertar o servidor e, em seguida, que desapareçam de volta para essa fazenda, de onde vocês acham que vão mudar o mundo.

Da porta ouviu-se um profundo suspiro que quebrou o silêncio doloroso que tinha se seguido às duras palavras de Jake.

— Lil — ele disse, e deu alguns passos em direção a ela.

Ela levantou a mão para detê-lo.

— Não, não diga mais nada. Eu quase me convenci de que você realmente se importava comigo e com Colby, mas agora eu vejo que você não é capaz de cuidar de alguém, não é?

Um homem que parecia estar em seus vinte e poucos anos, vestindo um smoking xadrez marrom que não parecia do tamanho certo para ele — o paletó tinha as mangas muito compridas e ficava largo na cintura — apareceu na porta do escritório. Com zero de bom senso e ainda menos instinto de sobrevivência, ele escolheu esse momento para se dirigir aos pais de Jake e dizer:

— Ei, vocês são os Waltons? Que legal.

Jake agarrou um dos braços de Lil quando ela já estava se virando para sair.

— Você entendeu mal o que ouviu.

Ela deu um puxão no braço, mas ele não a largou.

— Ah, Jake, eu entendi perfeitamente. Você pensa mesmo o lixo que fala.

— Isso não era sobre você. — Independentemente do que acontecesse entre ele e Lil, as chances de ela nunca mais ver os pais dele eram enormes.

Lil balançou a cabeça violentamente.

— Não, não! Sinto muito por tudo o que aconteceu com você e que deixou um buraco negro no lugar onde deveria estar seu coração, mas eu não posso ficar com um homem que pensa que o amor é como Papai Noel, quando você cresce, deixa de acreditar que existe.

— Não faça isso, Lil — Jake pediu.

Seu tom parecia enfurecê-la. Em vez de afastar-se, ela o encarou e disse, furiosa:

— Não fazer o quê? Esperar mais de você? Tire a mão de cima de mim.

Jake não tirou. Ele não podia. Ele precisava fazê-la entender.

— Você está fazendo um grande drama do nada.

Suas palavras não tiveram o efeito calmante que ele esperava.

— Isso é porque eu só descobri que o que temos é exatamente isso... Nada. — Ela fechou os olhos, como se o pensamento a machucasse. — Eu não posso acreditar que estava disposta a colocar meus amigos em perigo por você. Sou uma idiota.

— Do que você está falando?

Lil abriu os olhos, a dor virando raiva. Ela finalmente se libertou de Jake.

— Pergunte para Jeremy. Mas entenda que, agora, eu só estou ajudando você por causa de Abby e Dominic.

Com isso, ela saiu da sala.

Jake se sentiu dividido, deveria segui-la ou ficar? *Você só pode corrigir um problema de cada vez.* Ele voltou sua atenção para o homem que já estava imerso em uma conversa com seus pais.

— Será que alguém vai me explicar o que diabos está acontecendo?

Jeremy deu uma mordida em um pastel de caranguejo e disse:

— Cara, as mulheres estão enlouquecendo você, certo? Primeiro, me pedem para invadir seu computador, como se não fosse nada demais. Depois, me dizem que posso conhecer dois ícones da programação, desde que eu leve aquele segredo comigo para a cova. Agora, eu preciso salvar sua empresa contando o que eu sei sobre a entrada oculta que eu encontrei no seu sistema...

— Você encontrou um ponto de acesso oculto?

O rapaz levantou a mão.

— Só conto se isso significar que você não vai me processar por admitir que encontrei. De qualquer maneira, você jamais poderá prová-lo. Eu cobri bem meu rastro. — Ele sorriu para a mãe de Jake, parecendo bastante satisfeito consigo mesmo.

Jim interrompeu:

— Saber com o que estamos lidando vai fazer toda a diferença. Agora, talvez a gente consiga consertar o servidor com tempo de sobra.

A notícia não trouxe a Jake a sensação de alívio que ele imaginou que sentiria.

O que isso significa em termos de Lil?

Ele olhou para Jeremy mais de perto:

— Quem é você?

— Eu sou amigo de Lil. Bom, para dizer a verdade, de Alethea. Eu sou apaixonado por aquela mulher desde nossos tempos de escola. — Os olhos de Jeremy se arregalaram com o sonoro ronco de Jake. Ele rapidamente esclareceu — Alethea, não Lil.

— Você invadiu meu computador para elas. Foi você?

— Sim.

— Lil queria me manter longe de meu computador naquele dia.

Jeremy assentiu.

Quanto mais pensava sobre isso, mais furioso Jake se sentia. Tudo havia sido uma mentira. O encontro. O fato de ela dizer que estava se sentindo ofendida porque ele não a amava. Tudo! O que ele não conseguia entender, porém, era o porquê de Lil querer acessar seus arquivos. Ela estava trabalhando para alguém? Normalmente, Jake tinha uma ideia clara do que estava acontecendo, mas dessa vez várias teorias estavam dando voltas e mais voltas em sua mente.

— O que você estava procurando?

Jeremy limpou os dedos engordurados na barra do paletó xadrez.

— Eu sabia que você estava pagando programadores ao redor do país. E sei que você estava dando propina para eles, embora, para um homem rico feito você, suas propinas sejam extremamente baixas. De qualquer forma, Alethea achou que Abby poderia estar em perigo. Lil disse que ela precisava de uma prova antes de falar qualquer coisa para Abby. — Jeremy deu de ombros. — Eu, provavelmente, não deveria ter acessado seu computador, mas tenho uma enorme dificuldade em dizer não para Alethea. Aí, entrei pegando carona em um código oculto que encontrei por acaso. Foi surpreendentemente fácil, então, fui mais fundo do que seu e-mail. A comunidade hacker não é tão grande assim. Achei que alguém tinha estado lá antes de mim e eu estava certo. — Ele sorriu. — Foi aquele carinha da costa oeste, Sliver. Ele é pateticamente previsível quando se trata de seus códigos de ataque e, por sorte, de suas senhas também. Ele teve acesso completo a seu sistema. Eu mudei a senha dele só para irritá-lo. Ele acha que é o rei do pedaço só porque causou alguns acidentes que viraram notícia. — Jeremy revirou os olhos. — Não passa de um idiota.

Tudo isso estava sendo dito por um homem que parecia ter se vestido em um armário escuro, nos anos 1950. Jake tinha experiência suficiente para entender que as aparências não equivalem ao desempenho. Alguns dos melhores especialistas de código em sua equipe pareciam não ter visto a luz do dia em anos, e dizer que suas habilidades sociais eram peculiares teria sido gentil.

Jake disse:

— Você acabou de alterar o resultado do jogo. Confie em mim, você vai ser bem recompensado por qualquer informação que puder nos dar.

— Eu não quero seu dinheiro — disse Jeremy.

— O que você quer?

Jeremy coçou o queixo, pensativo.

— Eu sou um cara inteligente. Posso não ser rico como você, mas eu fiz e vendi aplicativos e códigos suficientes para poder viver bem confortável. No entanto, há uma área em que eu estou precisando de ajuda.

— Me diga qual é.

— Você poderia me ajudar a ser o homem que Alethea gostaria de namorar.

Você não poderia ter pedido algo mais fácil, como a paz mundial ou o fim da fome global?

Pelo que Jake tinha ouvido falar sobre a amiga de Lil, esse cara estava sonhando alto demais. Alethea iria comê-lo vivo. Ela era um tubarão e ele era uma ovelha, embora muito inteligente.

Jake buscou a ajuda de Victor Andrade.

— Será que todo mundo está bebendo como louco nessa festa?

Victor colocou uma mão no ombro de Jake, lhe dando seu apoio, e disse:

— Filho, o único louco aqui é você, se deixar Lil fugir. Quando você encontra uma mulher que está disposta a arriscar tudo pela família e, em seguida, por você, você se casa com ela. Vá dizer a ela que você a ama, antes que seja tarde demais.

— Mas eu não...

A verdade bateu diretamente no seu estômago.

Memórias de seu tempo juntos inundaram sua mente. Lil estudando na mesa da cozinha. Lil nua, debaixo dele. Lil radiante de orgulho olhando o desenho da filha.

Seu estômago revirou dolorosamente.

Lil no topo das escadas, sem dúvida a mulher mais bonita da sala e, ainda assim, olhando para todos meio desconfiada, como se não estivesse certa de fazer parte daquele mundo. E, finalmente, o sorriso de Lil ao vê-lo esperando por ela no final da escada. Ele queria passar o resto de sua vida com aquele sorriso, aquela mulher.

Eu vou.

Eu a amo.

Victor apertou um pouco mais o ombro de Jake.

— Nada disso vale absolutamente nada se você não tem ninguém para compartilhar. Vá encontrá-la, Jake. Quando o fizer, não deixe seu orgulho falar por você. O orgulho não sabe nada sobre o amor. Diga a ela que você a ama. Diga que você precisa dela. Não desista até que ela acredite em você.

Jake se virou para sair e parou. Olhou de volta para seus pais. Não tinha certeza do que estava querendo dizer a eles, mas era bem difícil não se comover com as lágrimas que viu nos olhos deles. Sua mãe falou:

— Vá em frente, Jake. Nós estaremos aqui quando você voltar.

Ele acenou com a cabeça.

Jeremy disse:

— Ei, e o que eu pedi a você?

Sem hesitar, Jake jogou seu melhor amigo na parada.

— Dominic é bem melhor do que eu nesse tipo de coisa. Fale para Dom que eu disse que ele lhe deve um enorme favor pessoal. Então, diga do que você precisa.

Pouco antes de sair, Jake parou e acrescentou:

— Você não vai querer falar para ele a parte sobre como acessar nosso sistema. Eu explico mais tarde.

Um Jeremy morto não poderá ajudar-nos.

Agora, onde Lil se meteu?

QUINZE

Como eu pude ser tão tola?

Lil lutou para conter as lágrimas que estavam brotando de dentro dela. Não é que Jake alguma vez tivesse mentido para ela. Ele havia dito claramente que não a amava. Por que as mulheres sempre tentam ver emoção em tudo o que um homem diz, quando na verdade a tradução é bem menos atraente?

Eu quero você significava simplesmente *Eu quero fazer sexo com você.*

More comigo queria dizer *Eu quero fazer sexo com você regularmente.*

Case-se comigo na verdade era *Eu estou disposto a compartilhar as minhas coisas para fazer sexo com você.*

Estúpida! Estúpida! Estúpida!

— Lil? — Sua irmã a encontrou no corredor, a impedindo de escapar pelas escadas.

Ah, ótimo, Abby. Lil tentou esticar os lábios trêmulos em um sorriso e logo soube que havia falhado pela preocupação que viu nos olhos de sua irmã.

Pior ainda, Dominic apareceu atrás de Abby.

Lil falou com seus sapatos.

— Eu não vou estragar sua grande noite. Eu só preciso de alguns minutos para me refrescar.

Abby tomou-a pela mão e simplesmente a encarou, até que ela olhou para cima e encontrou os olhos de sua irmã mais velha.

— Lil, eu não quero saber de festa se você não está feliz. O que aconteceu? Eu vi você e Jake juntos e ambos pareciam estar tendo um grande momento.

Lil tapou o rosto com a mão e soluçou:

— Eu me apaixonei por ele, mas ele não sente a mesma coisa por mim.

Dominic cruzou os braços.

— É por isso que ele tem que se casar com ela.

Abby sacudiu a cabeça.

— Não agora, Dom.

— Você gosta de ver sua irmã nesse estado?

— Não, mas você não pode obrigar as pessoas a resolverem seus problemas. — O tom razoável de Abby não foi acompanhado por seu noivo.

— Espie só.

Lil fungou e viu amor por trás daquela fúria. Ela havia avaliado mal Dominic. Ele não era uma fantasia e amava Abby. E era incrível ver como seu amor por Abby se estendia a sua família. Lil enxugou uma lágrima apressadamente e disse:

— Dominic, será um dia de orgulho para mim quando você se casar com a minha irmã, e eu gostaria de chamá-lo de irmão.

Dominic se inflou de orgulho. Ele sorriu para sua noiva.

— Veja, Lil concorda comigo.

Abby sacudiu a cabeça e abraçou a irmã.

— O que você vai fazer, Lil?

Lil ergueu o queixo e disse:

— Eu já vou me recompor. Vou voltar para a festa para ouvir você anunciar formalmente o seu noivado.

Abby se afastou um pouco e olhou profundamente para a irmã.

— E?

Lil balançou a cabeça ao mesmo tempo que tomava uma decisão.

— E então vou voltar para Boston e procurar um emprego.

Dominic disse:

— Eu sou dono de várias empresas em Boston. Fale que trabalho está querendo e você o terá.

Lil sorriu para seu novo protetor, pela milionésima vez grata pela recente felicidade que sua irmã havia encontrado. Talvez um dia ela encontrasse o mesmo. Sua rebeldia foi substituída por doçura, e suas palavras saíram suavemente.

— Eu não quero a sua caridade, Dominic.

— Não existe caridade quando se trata de família — Dominic rebateu.

— Na verdade eu não sei o que eu quero fazer, Dom. Eu poderia ter um emprego em um escritório, por agora, e me inscrever em algumas aulas de arte. Há tanta coisa que eu preciso descobrir.

— Que tal uma trabalho de iniciante em um departamento de design gráfico? Posso falar para todo mundo que eu não gosto de você. Você poderia se afundar ou nadar sozinha, sem minha ajuda — disse Dominic.

— Você faria isso? — perguntou Lil, grata por ele ter entendido.

Abby passou um braço em torno da cintura de seu futuro marido e riu para ele.

— Você é tão cheio de si, Dom. Eu aposto que você não passaria uma semana sem chamar o chefe de departamento, ameaçando demiti-lo se ele não fosse bom para ela.

— Abby, você me subestima.

Observando as brincadeiras entre os dois, Lil deixou cair suas últimas resistências. Pessoas encontravam trabalho todos os dias, usando seus contatos. Lil estendeu a mão para Dominic.

— Eu aceito a sua oferta de emprego.

Um sorriso largo se espalhou por seu rosto quando ele apertou a mão dela.

Lil acrescentou:

— Mas eu não preciso de sua ajuda com Jake. Se nós resolvermos a situação, vai ser em nossos termos, não nos seus.

Dominic começou a dizer algo, e Lil o cortou:

— Falando sério, me prometa ficar fora disso.

Dominic não prometeu nada, mas disse:

— Você e Abby são tão parecidas.

As duas irmãs sorriram.

Abby abraçou mais uma vez seu futuro marido:

— Lil, isso significa que ele vai tentar, mas não é certo que consiga se segurar.

— Por que você traduz tudo o que digo, não estou falando a mesma língua que vocês? — Dominic perguntou, divertido.

— Exatamente, você fala um tipo de dialeto de ditador bárbaro, na maioria das vezes — Abby brincou.

Dominic se inclinou e murmurou de brincadeira para Abby:

— Bárbaro, hein? Eu sei o quanto você gosta disso.

— Ok — Lil interrompeu com uma risada. — Estou voltando para a festa. Vejo vocês depois.

Ela caminhou até o meio do corredor antes de se virar ligeiramente para verificar se eles a estavam seguindo.

Não estavam.

E não apareceriam por um bom tempo.

Lil se virou com determinação.

Eu quero amar e ser amada assim.

Eu quero o conto de fadas.

Jake viu Lil no instante em que entrou pela porta. Ele passou por diplomatas sem nenhuma sutileza ou etiqueta. Ele precisava chegar a seu lado antes que ela desaparecesse novamente.

— Lil — disse ele, — nós precisamos conversar.

Ela assentiu com calma e lhe permitiu guiá-la até uma sala do outro lado do saguão. Ele fechou a porta e sua preocupação aumentou quando ela não voou para ele com acusações.

Em vez disso, o surpreendeu mais uma vez, falando suavemente:

— Jake, eu sinto muito por tudo que fiz. Eu fui buscar respostas nos lugares errados. — Ele quis tomá-la em seus braços, mas ela se afastou e continuou — Não, eu preciso falar isso. Eu não deveria ter dito o que disse na frente de seus pais. Eu sou a última pessoa que deve julgar os outros pela forma como lidam com suas famílias. Eu não posso acreditar que minha própria família ainda esteja intacta depois de todas as coisas que eu fiz.

— Está tudo bem, Lil.

— Não, não está. As palavras machucam e você não merecia minha raiva. Você jamais mentiu para mim, o que é bem mais do que posso dizer sobre mim.

— Eu entendo por que você fez isso. — Ele estava falando sério. Quanto mais pensava sobre o que ela tinha feito, mais sua raiva era substituída por admiração. Aquele mesmo amor feroz que ele sabia que Lil sentia por sua filha a levara a proteger sua irmã... E também, incrivelmente, a ele.

Ele não conseguia se lembrar da última pessoa que havia arriscado tudo por ele, e Lil tinha arriscado tudo. Ele precisava fazê-la entender que eles pertenciam um ao outro.

— Você entende? Você, realmente, entende? Eu ainda estou tentando descobrir se fiz isso para proteger Abby ou porque queria que algo de errado acontecesse com aquele final feliz. Eu gastei tanto tempo pensando erradamente que nós estávamos em algum tipo de competição. E finalmente vejo que a felicidade de Abby não ameaça a minha. Eu vou encontrar meu próprio caminho. Agora, eu acredito.

Algo no tom de voz de Lil avisou Jake que este seria um adeus, e ele se recusou a aceitar essa possibilidade.

— Eu te amo, Lil.

Ela olhou para ele por debaixo de seus longos e belos cílios, os olhos castanho-escuros cheios de emoção.

— Não. Não diga coisas que você não quer dizer.

Ele pegou os braços dela em suas mãos e segurou-a diante dele.

— Eu te amo.

Quando ele imaginou a reação dela à sua declaração, ele a via jogando os braços ao redor dele e a paixão que se seguiria. Mas o olhar firme dela estava sendo decepcionante e desconcertante.

— Você não acredita no amor. Você disse isso mais de uma vez.

— Eu estava errado.

Ela o observou em silêncio, depois sacudiu a cabeça.

— Não, você foi honesto e eu aprecio isso. Você é um bom homem, Jake.

Então, por que isso ainda soa como um adeus?

— O que você quer, Lil? — Ele ouviu a emoção em sua própria voz e não se importou. Ela não podia deixá-lo assim, simplesmente.

— Eu não tenho certeza ainda, mas eu sei o que eu não quero. Eu não quero continuar nossos encontros casuais, não quero mentir para você novamente, e não quero me contentar com menos do que tudo.

— Tudo o quê? — *O que mais havia?* — Eu já te disse que eu vou me casar com você.

Uma lágrima rolou silenciosamente pelo rosto de Lil.

— Não é o suficiente, Jake. Eu quero o amante, o melhor amigo, o herói.

— Você acha que eu não posso ser isso tudo? — *Droga! Um soco de Dominic teria doído bem menos.*

Lil se encolheu, tristemente, e olhou para longe.

— Dominic me ofereceu um emprego em Boston e eu vou aceitar. Vai ser um trabalho criativo e eu vou me inscrever em algumas aulas de arte. Eu preciso encontrar meu equilíbrio.

— Então, é isso? — Ele se esforçou para ficar calmo. — Você quer terminar tudo?

— Não sei.

— Eu sei. — Ele a beijou, cheio de sentimento. Ele a beijou até ela ficar tremendo de paixão contra ele. — Fique — ele sussurrou. — Vamos descobrir isso juntos.

Ela se afastou.

— Não. Seria muito fácil deixar a paixão decidir isso. — Ela recuou mais um passo para longe dele e abriu a porta para o corredor. — Por favor, me deixe em paz por agora, Jake. Eu preciso de tempo para descobrir isso e você também.

Ele foi até a porta e a viu desaparecer de volta para a festa.

Uma desanimada voz masculina quebrou o silêncio que se seguiu.

— Cara, se você não consegue ficar com a garota, então eu estou ferrado.

Jeremy estava ao lado de Jake, observando Lil desaparecer na multidão.

— Eu vou me casar com ela.

O homem mal vestido deu um tapinha simpático nas costas de Jake.

— Claro que vai, cara. É claro que vai.

DEZESSEIS

Jake passou os dias seguintes mostrando para Jeremy os sistemas da Corisi Enterprises. Além do consultor de imagem que Dominic tinha encontrado para Jeremy, Jake havia lhe oferecido um cargo na sede da empresa. No começo, ele tinha recusado a ideia de aderir formalmente a uma equipe, mas a atração de trabalhar, ainda que temporariamente, com os Waltons provou ser bem mais tentadora na hora de ele tomar sua decisão final.

Se os testes iniciais estavam corretos, o servidor chinês estava consertado e pronto para funcionar. Não existiriam mais surpresas desagradáveis com a reescrita dos códigos. Nada de acesso não autorizado a e-mails ou sistemas. Com o trabalho de seus pais e de Jeremy, Jake duvidava que houvesse outra companhia no planeta tão segura quanto a Corisi Enterprises.

Deveria ter sido um momento de comemoração, mas Jake não sentia uma alegria verdadeira com essa notícia. Ele ficava nas torres Corisi até muito tempo depois de todo mundo já ter ido embora. Jake não queria admitir para si mesmo, mas ele não queria ir para casa.

Dominic entrou no escritório de Jake, se jogou em uma das cadeiras em frente a sua mesa, e apoiou os pés sobre ela.

— Chega de mau humor.

Jake se inclinou para frente e empurrou os pés de seu amigo para fora de sua mesa.

— Eu não estou de mau humor.

Imperturbável, Dominic esticou as pernas e cruzou os tornozelos no chão diante dele.

— Sabe qual é seu problema?

— Eu tenho certeza de que você vai me contar.

Dominic sorriu.

— Você está pensando demais sobre isso. Normalmente eu respeito esse seu lado, mas ele não funciona com as mulheres.

— Me poupe de seus comentários trogloditas sobre romance.

— Eu estou me lixando para seu elevado QI. Você é um idiota se acha que ficar sentado neste escritório vai trazê-la de volta.

— Ela disse que precisava de tempo para descobrir algumas coisas.

— Esse é um código para *levante sua bunda e me mostre que você se importa*.

— Há alguma maneira de fazer você parar?

— Diga o que quiser, mas minha namorada está planejando um casamento e a sua... — Dominic estalou os dedos como se tivesse acabado de lembrar alguma coisa. — Oh, sim, você não sabe o que ela está fazendo, porque está lhe dando um tempo para descobrir as coisas.

Jake empurrou sua cadeira para trás e se levantou.

— O que é assustador é que o que você está falando começa a fazer sentido para mim. — Ele precisava agir logo, antes que ela o colocasse para fora de sua vida.

Dominic se juntou a seu amigo perto da porta e lhe deu um tapa encorajador nas costas.

— O truque é audição seletiva. As mulheres sempre falam para nós o que elas querem; elas simplesmente falam tudo e mais alguma coisa só para confundir a gente. Agora, pare de pensar e vá buscá-la.

— Você está certo. — Jake disse e, de repente, ele sabia exatamente como fazê-lo.

Uma semana depois, Lil estava comendo uma salada em uma pequena mesa no café do edifício do escritório do centro da cidade. Cumprindo sua palavra, Dominic tinha encontrado um emprego imediatamente após sua volta. Sra. Duhamel tinha voado de volta para Boston com ela, determinada a cuidar de Colby até encontrar uma babá que ela e Lil aprovassem. Apesar de ser difícil deixar a menina, havia algo de revigorante no desafio de aprender uma nova profissão. Ela não sabia muito sobre design gráfico, mas o cargo oferecido a ela tinha bastante treinamento.

Ok, definitivamente havia alguma vantagem em ser irmã de Dominic.

Uma sombra caiu sobre a mesa. Lil olhou para cima e sua respiração ficou presa na garganta.

Jake.

— Por favor, perdoe minha ousadia, mas quando te vi precisei vir até aqui e me apresentar. Jake Walton. — Ele estendeu a mão, a cumprimentando.

Ela a apertou, estreitando os olhos, desconfiada.

O que ele estava fazendo?

— Lillian Dartley.

Ele colocou a mão na parte de trás da cadeira em frente a ela.

— Este lugar está ocupado?

— E se eu disser que sim?

Ele não sorriu.

— Eu voltarei todos os dias até você falar que não está.

Ela engoliu em seco. Sua voz estava um pouco trêmula quando ela disse:

— Por favor. Sente.

Ele se sentou e se recostou na cadeira.

— Então, você trabalha aqui?

— Sim. — E porque ela não sabia mais o que dizer, falou:

— Esta é a minha segunda semana.

— Você está gostando?

— Está tudo bem. — *Ficando cada vez mais interessante a cada minuto*. — Todo mundo é muito simpático.

— Eu sinto sua falta. — Ele estendeu a mão sobre a mesa e pegou a mão dela, suavemente. — Sua e de Colby.

A mão de Lil tremeu na dele.

— O que é isso, Jake? O que você está fazendo aqui?

Ele fechou os dedos em torno da mão de Lil.

— Você estava certa. Existem coisas que precisamos descobrir, mas não devemos fazê-lo sozinhos. Eu quero ouvir sobre sua primeira semana de trabalho, quero ver as pinturas que você leva para casa depois de suas aulas de arte. Quero estar lá quando Colby der seu primeiro passo. Eu não vou me contentar com menos do que tudo.

Lágrimas brotaram dos olhos de Lil. Ela queria acreditar, mas não podia.

Ele perguntou:

— Você acha que seu chefe a deixaria prolongar o almoço hoje?

— Acho que ele seria demitido se não deixasse — disse Lil com um sorriso triste. Trabalhar para a empresa de Dominic não era exatamente como conseguir um emprego por mérito próprio. Esse era o preço a pagar por estar associada a um homem tão poderoso, mas Lil estava ficando mais confortável com isso a cada dia. A vida poderia ser bem pior. A curiosidade era o melhor de tudo. — Por quê?

— Eu tenho uma surpresa para você.

Em vez de sair pela porta da frente, Jake a levou até o elevador e apertou o botão para o topo do edifício. Ali, no meio da pista de aterrissagem, estava um helicóptero de luxo envolto por uma enorme fita vermelha. Lil já tinha visto helicópteros antes, mas nenhum como aquele. Era mais longo do que a maioria e estava dividido em duas partes, uma área na frente, para o piloto, e uma de passageiros, que parecia tão confortável e privada como uma limousine. Ela espiou tudo por uma das janelas. Jake abriu a porta para a classe de passageiros e disse:

— Pode olhar mais de perto, ele é seu.

Lil olhou para os seis assentos de couro marfim, ladeados por um luxuoso tapete, no corredor central, e se virou para Jake.

— Você comprou um helicóptero para mim?

Jake deu de ombros.

— Eu ouvi falar que você odeia flores. O interior é completamente à prova de som, assim você não precisa se preocupar com fones de ouvido para Colby.

— Isso é loucura.

— Não, isso é uma maneira de começarmos de novo. — Ele lhe entregou um cartão. — Ligue para este número e um piloto estará aqui em cerca de trinta minutos. De Boston para Nova York é mais ou menos uma hora e meia, mas com esse helicóptero você não vai precisar enfrentar o trânsito. E a cadeirinha de Colby cabe direitinho aqui.

— Então você quer que eu vá para Nova York com mais frequência?

— Se você também quiser. Ou eu virei a Boston. Eu sei como deve ser o seu amante. Agora estou trabalhando no resto de sua lista.

Melhor amigo?

Herói?

Ele fala sério.

Oh, Deus, ele está falando sério.

— E eu ainda tenho outra surpresa — ele continuou.

Lil não tinha certeza se poderia aguentar outra, seu coração já estava batendo forte demais.

— Eu contratei um agente imobiliário para listar os lofts disponíveis em Boston e Nova York.

Um loft? Jake tinha decidido que, em vez de se casar com ela, ele a iria esconder em algum lugar conveniente?

— Eu não acho...

Jake a puxou contra ele e lhe inclinou o queixo para cima, para que ela o olhasse de frente.

— Me deixe fazer isso por você. Eu sei que você quer fazer tudo sozinha, mas será apenas um grande espaço vazio. Você é a única que terá que aprimorar seu trabalho e preenchê-lo com obras de arte.

— O que você está dizendo? — Então ela entendeu e ficou sem fôlego, com medo de acreditar que o tinha ouvido corretamente. — Você está procurando um ateliê para mim?

— Se você quiser um.

— Se eu quiser um? — Ela ria e chorava ao mesmo tempo. De alguma forma, este homem via através da alma dela e conhecia seu coração. Ela não iria embora dessa vez. — Ok.

— Ok, você vai aceitar o helicóptero? Ok, você vai me deixar comprar um ateliê?

— Ok, eu vou me casar com você — disse ela simplesmente.

Ele oscilou um pouco sobre seus pés, em seguida, a apertou contra si.

Ela acrescentou:

— Eu amo o helicóptero, mas o que realmente foi...

— Meu encanto? — ele perguntou, com um tom bem-humorado.

Ela balançou a cabeça com um sorriso.

— Não é bem isso.

Ele a apertou um pouco mais, brincalhão.

— Minha persistência?

Ela riu para ele.

— Você demorou muito tempo para aparecer por aqui.

Ele sorriu de volta para Lil, sabendo que ela acabaria por dizer o que ele esperava ouvir.

Lil o encarou e disse:

— O que me pegou foi o quão bem você me conhece. Não o que finjo ser, ou o que estava convencida de que deveria ser.

De alguma forma, você vasculhou toda a bobagem que eu disse e entendeu do que eu realmente precisava.

Jake balançou a cabeça e disse:

— Eu odeio quando Dominic está certo.

Isso despertou a curiosidade de Lil.

— Sobre o quê?

Jake se inclinou e a beijou até que ela esqueceu o que eles estavam discutindo.

E então seu único pensamento era de que os sonhos realmente se tornam realidade.

Quando ele finalmente descansou sua testa na dela e sua respiração começou a acalmar, disse:

— Eu sei que você está procurando um herói, Lil, mas você mesma já ganhou esse título. Nosso servidor está limpo e pronto para ficar on-line, assunto encerrado.

Apesar de aquele assunto significar reduzir um pouco a marcha emocionalmente, Lil sabia que precisava ser discutido antes que pudessem seguir em frente.

— Eu estou tão feliz. Jeremy tinha a solução?

— Ele tinha um grande pedaço do quebra-cabeça. Meus pais resolveram o resto do problema. No entanto, sua visão foi inestimável, tanto quanto a depuração do sistema a tempo de cumprir nosso prazo.

Lil distraidamente brincava com o cabelo, o colocando atrás de uma das orelhas.

— Falando de seus pais, eles ficarão para o casamento?

— Eu não faço ideia. Por enquanto, estão na casa dos Andrade. Vai levar um bom tempo para esquecermos as mágoas, mas eles parecem querer sinceramente fazer parte de minha vida.

— Você precisa lembrar Dominic de convidá-los, Jake. Eles são família.

Ele sorriu para ela.

— É isso que eu vou assinar? Uma vida inteira com você me dizendo o que fazer?

— Absolutamente — disse ela, sem hesitar.

Ele ficou sério de repente e disse:

— Eu te amo, Lil.

Ela beijou seus lábios suavemente.

— E eu te amo, Jake.

— Você quer voltar para o trabalho agora?

Lil se esfregou contra ele, brincando.

— Surpreendentemente, não tanto quanto eu pensei que quereria.

Instantes depois, ela estava grata por Jake ter comprado um helicóptero tão grande e com um interior tão privado. Ele abriu a porta e a deitou sobre o tapete.

Com precisão, ele se despiu e depois despiu Lil. Então, suas mãos se tornaram mais lentas enquanto a explorava, a adorava, e a guiava para um lugar onde o pensamento coerente já não era possível. Apesar de a paixão se manter forte entre eles, dessa vez não havia necessidade de pressa. Saber que tinham o resto de suas vidas acrescentou carinho ao sexo. Cada toque significava mais. Cada beijo demorou mais tempo para que eles pudessem saboreá-lo.

Ele fez uma pausa para colocar uma camisinha e sussurrou contra seus lábios:

— Eu quero fazer isso direito. Primeiro casamento e, em seguida, uma casa cheia de crianças.

Ela riu contra os lábios dele.

— Não quer dizer primeiro casamento, então o sexo, depois as crianças?

— Oh, não, eu nunca concordei com essa ordem das coisas — disse ele e reivindicou sua boca com a dele.

Ela perdeu-se em seu toque, seu beijo, a sensação dele brincando em sua umidade e disse:

— Você pode me convencer a pensar como você.

— Eu vou fazer o meu melhor — disse ele, e seu melhor não decepcionou Lil.

Quando terminou, ela caiu sobre o peito de Jake. Ele rolou para o lado e colocou a cabeça de Lil em seu forte bíceps.

— Convencida?

Ela piscou para ele e disse:

— Eu não tenho certeza ainda. Talvez tenhamos que fazer isso de novo.

Ele murmurou para ela:

— Sério?

— A coisa toda ou apenas a última parte. Você escolhe.

Ele correu um dedo brincando com o queixo dela, o passou levemente em toda a curva de seus seios e para baixo, na curva de um de seus quadris.

— Eu sempre amei helicópteros, mas agora eu tenho uma simpatia ainda maior por eles.

Lil estendeu a mão, envolveu suavemente a parte do corpo de Jake que já estava voltando à vida e perguntou:

— Seu jato privado é tão confortável assim?

Ele endureceu na mão dela.

— Eu mandei colocar tapetes novos em todos os meus veículos.

Uma boa ideia, mas que teria que esperar.

Por enquanto, o helicóptero dava a privacidade suficiente para Lil cobrir de beijos o abdome liso de Jake, e continuar ainda mais para baixo.

DEZESSETE

O barulho de três gerações de Andrade não era tão alto e diverso como Jake lembrava, especialmente desde que foram incluídos uns quantos de Corisi e até mesmo alguns Walton. O jantar de ensaio de casamento não foi um evento da alta sociedade, mas se encheu de risos e de muitas crianças.

Colby saltou alegremente no colo de Jake enquanto o prato principal foi servido. Algumas famílias teriam enviado os filhos para outra sala, para comer, mas os Andrade ampliaram apenas sua mesa e seus corações para incluir todos no que só pode ser descrito como uma festa.

Lil estava sentada ao lado de Jake, feliz, conversando sobre bebês com uma das primas de Stephan.

Victor Andrade estava no topo da mesa e a sala ficou em silêncio.

— É com grande prazer que abro minha casa, bem, a casa dos Andrade — Seu irmão levantou uma taça de vinho para ele com um sorriso indulgente. — ...a nossos novos familiares. Algumas pessoas se tornam família por meio do sangue.

Algumas por meio de casamento. Outras entram em nossas vidas através do coração e da amizade. Esta noite, levanto minha taça em honra de toda a nossa família... Àqueles que partilham nosso nome e àqueles que não tendo nosso nome são nossa família de coração. Não há maior riqueza do que estar cercado por tanto amor. Dominic e Abby, que sua vida e sua mesa estejam sempre tão cheias como hoje.

Dominic ergueu sua taça e bebeu. Todos seguiram seu exemplo. Abby usou o guardanapo para enxugar as lágrimas que corriam livremente por seu rosto.

Jake olhou para a esquerda e viu seus pais o observando em silêncio. Ele ergueu Colby e a ofereceu a seu pai.

— Pai, você quer segurá-la?

Seu pai a tomou nos braços como se ela fosse a mais frágil das criaturas.

— Então, esta será nossa primeira neta?

O coração de Jake ficou inflado.

— Sim. Lil fez o pai biológico abdicar de seus direitos antes de ela nascer. Eu vou adotá-la quando nos casarmos.

Sua mãe pegou Colby e a abraçou.

— Jim, parece que nós vamos ter que começar a acreditar em Papai Noel.

Seu pai olhou para o filho e continuou:

— Sim, Jake. Desta vez, nós o faremos. Eu poderia até escrever um algoritmo para provar como ele consegue estar em todo o planeta em uma noite.

Colby estendeu a mão e puxou o nariz de seu futuro avô. Jim riu:

— Essa menina vai ser um problema, Jake.

Jake sorriu e olhou para Lil.

— Como a mãe dela.

Lil se virou quando ouviu a voz de Jake.

— O que você está falando?

Jake colocou o braço em torno dela e respondeu:

— Estou dizendo que toda a vida precisa de um pouco de caos.

— Espere, eu sou o caos? Você vai pagar por isso!

Ele riu. Não se importava com o jeito como ela o punia. Na verdade, ele gostava disso.

O pai perguntou:

— Jake, o que aconteceu com Jeremy? Não o vejo há vários dias.

— Parece que a mudança de imagem dele vai demorar mais tempo do que imaginamos. O consultor que contratamos acha que será mais rápido se ele ficar em Boston por um tempo.

Lil deu uma risadinha.

— Parece sério. Ele está mesmo determinado em conquistar Alethea?

Jake assentiu solenemente.

— Os homens fazem todo o tipo de coisas loucas pelas mulheres. Ele me deu um presente, no entanto, antes de ir embora.

Lil inclinou a cabeça para o lado.

Jake pegou o celular e disse:

— Ele invadiu os arquivos de uma emissora e fez um toque de celular para mim. Agora, sempre que você me ligar, vou ouvir isso.

A voz de Lil jorrou claramente do celular de Jake quando ele apertou um botão: "É claro que eu acho Jake Walton sexy, quem não acharia?".

Lil deu um tapa no ombro dele.

— De toda a entrevista, isso é tudo o que você ouviu, não foi?

Jake assentiu com um sorriso enorme no rosto.

Ele fez o celular tocar de novo e o segurou fora do alcance das mãos de Lil:

— É tudo o que importa.

DEZOITO

Lil encontrou os olhos de sua irmã no espelho e enxugou uma lágrima de felicidade antes que ela pudesse manchar sua maquiagem.

— Tem certeza de que o véu está bem preso? — perguntou Abby.

— Eu posso pedir para o cabeleireiro verificá-lo novamente, mas acho que tem grampos suficientes, e está bem preso, sim.

Abby se virou e Lil se sentiu, mais uma vez, comovida com brilho do rosto de sua irmã. Os paparazzi iriam amá-la. Não que eles tivessem a mínima chance de fazer alguma foto. Com a bênção dos Andrade, o casal tinha transportado, em um avião privado, menos de uma centena de convidados para uma ilha. Enormes tendas com ar condicionado cobriam o gramado e levavam a uma área discreta, onde Abby e Dominic se casariam com o mar como pano de fundo. Havia apenas um fotógrafo, que tinha assinado um contrato de não divulgação.

Alethea não assistiria ao casamento, mas mandara um presente: um esquema dos pontos fracos de segurança que ela havia encontrado tanto na festa de noivado de Dominic como em seus planos para o casamento na ilha. Abby ainda não a tinha perdoado o suficiente para convidá-la para o casamento, mas estava começando a repensar sua posição sobre a amiga de sua irmã caçula. Afinal, Alethea havia desempenhado um importante papel na salvação da Corisi Enterprises.

O único que não estava feliz com a melhor amiga de Lil era o chefe de segurança de Dominic. Os rumores diziam que ele ficou furioso quando leu o seu relatório, especialmente na parte que dizia que ela tinha notado que ele se *distraía facilmente* de seus deveres. Era mesmo a cara de Al, fazer amigos em todos os lugares por onde ela passava.

Minha irmã vai se casar hoje.

Hoje.

Três semanas não haviam sido muito tempo para preparar um casamento, mas, como o orçamento tinha sido bastante generoso, tudo ficou pronto sem problemas. Incrível o que as pessoas conseguiam fazer quando havia dinheiro em abundância. Assim, a noiva poderia ter o que quisesse.

Propostas para vestidos de noiva tinham chegado quase de imediato, enviados por vários estilistas famosos, e não foi surpresa quando Abby escolheu algo bem simples — um vestido branco sem alças, de seda, com camadas de rendas que cobriam tanto o vestido como os braços e ombros de Abby, ao estilo clássico de Grace Kelly. O buquê era um ramo de orquídeas selvagens e peônias brancas, e minilírios. Mas o acessório mais impressionante de Abby era o enorme sorriso, que não tinha diminuído desde que encontrou Lil para o café da manhã.

Lil olhou para seu próprio vestido de chiffon cor de carvão iridescente. O modelo era justo ao corpo e sem alças, com rendas e uma saia fluída, com enorme abertura até ao meio da coxa. Sra. Duhamel havia conseguido o modelo perfeito para os vestidos das damas de honra, longo para satisfazer Abby, mas bem decotado e mostrando as pernas, ao gosto de Lil. Havia sido fácil convencer Nicole e Maddy a usarem aqueles vestidos sexy, mas Zhang fora completamente diferente. Ela também tinha sido o curinga na festa de casamento. O marido de Maddy, Richard, e o noivo de Nicole, Stephan, foram escolhas naturais para padrinhos do noivo. Maddy havia convencido Abby de que a escolha de um padrinho de casamento teria de ser feita com todo o cuidado, para combinar com Zhang.

Lil sorriu ao lembrar-se de como tinham finalmente escolhido o quarto padrinho de casamento.

Dominic abdicou de uma despedida de solteiro justificando que seu passado já fora selvagem o suficiente. No espírito dessa decisão, em vez de uma festa de despedida, as mulheres se reuniram em uma das casas de Dominic com algumas garrafas de champanhe, para assistirem a um slideshow de alta tecnologia de homens que Dominic conhecia bem o suficiente para pedir que fizessem parte de sua festa de casamento.

Maddy tinha sugerido que, para manter divertido o processo de seleção, os candidatos deveriam ser da realeza ou fazerem parte da lista Forbes dos homens mais influentes. E foi bem divertido mesmo. Maddy passou as fotos em uma grande tela de cinema particular. Nicole leu uma descrição detalhada de cada um. As mulheres discutiram prós e contras e, em seguida, Maddy usou suas habilidades de Photoshop para sobrepor Zhang e cada um dos vários candidatos a padrinho em uma mesma foto, andando por um corredor, de braços dados.

Apesar de alguns candidatos estarem absolutamente fora de cogitação, eles foram mantidos no lote, simplesmente porque criavam situações bem divertidas. Muito alto; baixinho além da conta. Velho demais. Com muita barba; mais careca do que o tolerável. E assim por diante.

No início, Zhang havia afirmado convictamente que não tinha nenhuma preferência.

Lil serviu-lhe uma taça de champanhe.

— Não, obrigado — disse Zhang, educadamente, recusando a bebida.

— Todo mundo bebe em casamentos — Lil insistiu.

Zhang fez um gesto com a mão, mostrando a sala ao redor delas e disse:

— Isto não é o casamento.

— É verdade — Lil riu e empurrou a bebida na mão de Zhang. — Mas você vai passar bastante tempo com o homem que nós iremos escolher. Tem o ensaio, o casamento, fotos, talvez até mesmo algumas danças. Agora, você acha que não se importa, mas vai mesmo querer ficar todo o casamento dando trela para *este* príncipe encantado?

Lil acenou para Maddy, que mostrou a foto de um homem que ela havia encontrado em um site com os criminosos mais assustadores do mundo — mas Zhang não precisava saber disso. Lil provocou:

— Sóbria você não parece ser capaz de decidir. Nós podemos escolher para você, se você quiser, mas *isso* é o que pode acontecer.

Maddy então mostrou uma foto de Zhang com o homem de cabelos compridos e quase sem dentes, caminhando juntos pela ala que levava até ao local do casamento.

Descaradamente, Lil ainda acrescentou:

— Maddy tem o software que poderá mostrar-lhe como serão seus filhos se você se casar com ele. — A foto das crianças que Maddy mostrou a seguir era tão hilária quanto horrorosa.

Zhang bebeu o copo de champanhe em um único gole e pediu outro.

Abby olhou para elas, balançando a cabeça.

— Lil, você é...

Maddy respondeu por ela:

— Minha heroína!

Abby sorriu com simpatia para Zhang e disse:

— Você sabe, eu posso mandá-la parar. Pelo menos, posso tentar.

Zhang bebeu a segunda taça de champanhe que Lil ofereceu a ela e sorriu, convencida. Ela e Lil eram polos opostos, mas de alguma forma se sentiam ligadas e estavam construindo uma amizade bem profunda. Ela brincou:

— Eu não sabia desse costume americano de escolher padrinhos para gerarem filhos. Eu deveria ter prestado mais atenção em todas as fotos que nós vimos hoje. Mas, por favor, me mostrem o próximo.

Nicole leu o cartão correspondente.

— Sheikh Rachid bin Amir al Hantan, príncipe de Najriad, um país pequeno, mas ganhando destaque por sua tecnologia, bem como por seu petróleo.

Lil lançou um rápido olhar para Zhang e viu seu interesse antes que ela fosse capaz de escondê-lo. *Obrigada, champanhe*. Lil comentou:

— É lindo!

Abby acrescentou:

— Eu acho que Dominic realmente o conhece muito bem. Ele se formou em Harvard, no ano anterior ou no ano seguinte a Dom e Jake. Eu o ouvi falar dele antes. — Ela sorriu. — E concordo, ele é lindo! — Todo mundo olhou para ela. — Meninas, eu vou me casar, mas não fiquei cega. Esse homem é lindo.

Zhang disse:

— É uma boa escolha.

Lil pediu:

— Nos mostre como ficariam como um casal.

Maddy insistiu:

— Ah... Nós vamos escolhê-lo. Ele é perfeito para você!

Nicole advertiu:

— Apenas lembrem-se, os homens lindos têm grandes... — ela fez uma pausa para dar ênfase dramática. — egos.

Ela terminou com uma risada; e todas riram, até Zhang.

Abby retrucou:

— Se ele bancar o esperto, eu tenho certeza de que Zhang poderia colocá-lo firmemente em seu lugar.

Zhang ficou envergonhada:

— Às vezes eu sou tímida com os homens.

Uma grande risada encheu a sala, mas Zhang não participou dela e acrescentou:

— Vocês não trabalham tanto quanto eu, por isso têm mais tempo para namorar.

Maddy disse:

— Oh, meu Deus, que fofo! — Mas quando Zhang a fuzilou com os olhos, ela tentou consertar o comentário. — Quero dizer... Fofo no bom sentido que isso possa ter, assim, a maneira como você disse. Eu deveria ter me explicado melhor. É que estou apenas imaginando você olhando aqueles belos olhos escuros, sem saber bem o que falar, esperando ele beijá-la pela primeira vez.

Lil disse:

— Você tem lido muitos romances ultimamente.

Maddy respondeu:

— Ei! Eu me casei com um francês. Eu vivo o romance. Quem você acha que sugeriu Jake para levar você para a nova cobertura? Hein?

Lil jogou um pouco de pipoca na cabeça de Maddy:

— Foi você?

Maddy riu, tirando a pipoca do cabelo.

— Você pode me agradecer quando quiser. Meu dom é encontrar o par perfeito.

Zhang disse:

— Eu não estou procurando um homem.

Maddy acenou em aprovação:

— Esse é sempre o melhor momento para encontrar um. Eu voto no xeique. Quem está a favor, diga “sim”.

Todas, exceto Zhang, mostraram sua aprovação, em coro.

Maddy mexeu no programa até que a foto de um bebê lindo, embora um pouco distorcida, apareceu na tela.

— Vamos lá, olhe como o filho de vocês seria bonito.

Zhang ficou tensa.

— Não me interessa que homem vocês vão escolher.

Lil inclinou-se para ela e disse baixinho:

— Sério? Então por que você está corando?

Antes que a Terceira Guerra Mundial estourasse, Abby rapidamente intercedeu:

— Eu vou pedir para Dominic convidá-lo para o casamento.

Lil disse:

— Escolhemos um substituto, para o caso de ele recusar?

Todas olharam para ela como se Lil tivesse perguntado se deveriam ter um plano caso o mundo parasse de girar no dia do casamento. Dominic sempre tem o que quer; isso jamais mudaria, independentemente do quanto Abby o havia domado. Lil, então, sorriu, divertida:

— Vocês estão certas! Conheça seu par para o casamento, Zhang. O príncipe "Eu devia era ser modelo de roupa íntima" Rachid.

Zhang riu e balançou a cabeça.

Lil disse:

— Veja só, se você ficar tímida, o imagine em uma foto de propaganda de cueca. Isso sempre me deixa fissurada.

— Lil, você está ouvindo? — disse Abby em um tom que sugeria que ela havia perguntado alguma coisa antes e ficara sem resposta.

Sua voz trouxe Lil de volta ao presente:

— Eu estava pensando sobre Zhang e seu príncipe. Que pena ele não poder fazer o ensaio. Espero que ele não seja uma desilusão.

Abby se olhou no espelho e ajustou seu vestido novo.

— Ele tinha alguns assuntos importantes para resolver e não pôde vir. Dominic disse que compreendia. Pelo que entendi, seu país está em disputa na fronteira com o país vizinho. Mas parece que o caso já foi resolvido, porque ele está aqui hoje.

— Ah, que ótimo. Eu realmente gostaria de ver Zhang se divertindo — disse Lil, arrumando o véu de Abby pela quinquagésima vez.

Abby avisou:

— Lil, não pressione Zhang, deixe que aconteça naturalmente.

— Eu sei. Acontece que ela é bem difícil e reservada por fora, no fundo é muito triste. Ela me contou uma história sobre os pais dela. Você sabia que ela nasceu em uma família muito pobre e teria sido bem mais fácil para eles se ela fosse um menino? Mas, apesar disso, o pai dela comemorou seu nascimento. Disse ainda que ele sempre afirmou que ela poderia fazer qualquer coisa que um homem faz. E ela certamente comprovou isso, mas é quase como se ela pensasse que não pode alcançar seus objetivos e ter sucesso sendo mulher. O fato de Zhang estar usando um vestido para o seu casamento é uma prova do quanto gosta de você. Mas, eu não entendo por que isso é um problema para ela. Será que pensa que vai perder tudo o que conquistou se usar um vestido, uma vez?

— Eu disse a você, ninguém está imune ao medo.

Algo na voz de sua irmã a fez pensar.

— Você está nervosa por hoje, Abby? — Ela não parecia nervosa, mas quanto mais íntimas ela e sua irmã se tornavam, mais Lil via que Abby se preocupava tanto quanto ela, apenas escondia melhor.

Abby deu um sorriso trêmulo.

— Eu o amo, Lil, mas às vezes me pergunto se eu devo fazer isso. Você viu a lista de convidados de Dominic? E se eu fizer alguma bobagem hoje? Tenho que estudar antes de conhecer novas pessoas assim. Preciso saber como lidar com elas; preciso realmente aprender com Marie. Será que eu sou mesmo a mulher que Dominic quer a seu lado para o resto da sua vida?

Lil abraçou a irmã.

— Dominic me disse que ele é um homem melhor por sua causa. Eu não acho que ele se importa se você não cumprimentar direito algum governante. E não foi você que me disse que, apesar de todo esse dinheiro, essas pessoas são tão bagunceiras quanto nós?

Abby fungou e se endireitou.

— Sim, eu disse isso.

Como ela nunca havia entendido que Abby precisava tanto dela quanto ela precisava de Abby?

— Então, basta ser você mesma, porque foi por isso que Dominic se apaixonou por você e quer envelhecer a seu lado. Se você permanecer fiel a si mesma e a ele, todo o resto vai dar certo.

Abby sorriu.

— Quando você se tornou tão sábia?

— Sou um subproduto natural do fato de haver sido criada por duas mulheres incríveis. Você e mamãe me ensinaram tudo o que sei sobre o amor.

— Não se atreva a me fazer chorar e estragar minha maquiagem!

— Então, eu não posso dizer isso?

— Eu estou te avisando, Lil! — disse Abby, com uma meia risada, um meio grito.

— Vamos parar e retocar sua maquiagem no caminho, antes de encontrarmos as meninas. Não se preocupe. — Ela pegou a cauda do vestido da irmã e disse — Me mostre o caminho, futura Sra. Corisi.

Abby respirou fundo e começou a andar.

Andando atrás dela, Lil disse baixinho:

— Sempre melhor juntas, Abby.

Abby se virou, enxugando uma lágrima de seu rosto, mas sorrindo.

— Você é horrível.

— Não — Lil respondeu simplesmente — apenas muito grata!

Com crescente humor, Jake via seu amigo andar impaciente pela sala.

— Tem certeza de que você não quer uma bebida?

— Está todo mundo aqui, agora? — perguntou Dominic.

— Sim, estão todos no final do corredor.

— E por que eles não estão aqui? Eu achei que você disse que teríamos que repassar algumas alterações de última hora que Abby fez para a cerimônia.

— Inacreditável! Além de sua adorável futura esposa, eu sou a única pessoa que o atura quando você está assim.

Dominic se endireitou:

— Assim como? — Jake apenas olhou para ele e Dominic passou a mão pelos cabelos, frustrado. — Eu não gosto da parte de espera.

— Sério? Eu nunca teria imaginado.

Ouviu-se uma batida na porta.

Sra. Duhamel abriu uma fresta e enfiou a cabeça.

— Todo mundo pronto?

Jake disse:

— Sim, Marie.

Ela caminhou até Dominic, ajeitou a frente de seu smoking e chegou até a colocar uma madeixa rebelde de cabelo de volta no lugar.

— Como vocês estão se aguentando, rapazes?

Jake riu:

— Ele é um desastre.

Dominic rosnou, mas não negou.

Marie fuzilou Jake com os olhos:

— Não provoque Dominic, Jake. Espere até chegar sua vez com Lil. Você vai ser igual.

— Está tudo pronto para nosso voo de hoje à noite?

— Sim, o jato está preparado e tudo que você tem a fazer é entrar e ir embora.

— E do outro lado do Atlântico?

— Eu já falei com dois corretores de imóveis que conhecem bem a América do Sul. Você deve ter alguns locais viáveis escolhidos até o final da semana.

— E Abby ainda acha que estamos indo para a Espanha? — perguntou Dominic.

Marie concordou.

— Você precisa me ligar para contar o que ela disse quando descobrir que, em vez de passar sua lua de mel em um castelo na Espanha, vai ter uma semana na América do Sul, escolhendo e comprando terrenos para construir escolas para o projeto dela.

— Espero que ela goste da surpresa.

— Ela vai amar — disse Marie e depois estalou os dedos, como se tivesse se lembrado de alguma coisa — Antes que eu esqueça, Rosella e Thomas estão na sala em frente à dos padrinhos. Nicole e Stephan estiveram lá, para uma curta visita. Você também deve ir vê-los, antes de ir para o altar. Rosella não virá aqui porque não quer se intrometer, mas ela é sua mãe e deve ser parte disso.

Dominic deu um abraço apertado e carinhoso em Marie.

— Então eu sou um homem de muita sorte, porque tenho duas mães agora.

Jake zombou da exibição de emoção de seu amigo.

— Marie, você acredita no que Abby tem feito por meu amigo?

Marie virou-se para Jake e respondeu:

— O verdadeiro amor torna as pessoas mais fortes, não mais fracas, Jake. Se lembre sempre disso. Eu ainda sinto falta de meu marido, todos os dias, mas eu aguento porque algo tão forte como o que nós tivemos me faz acreditar em uma vida para além da morte. Tratem esse tempo como um tesouro, rapazes. Amem suas mulheres com tudo o que vocês têm, porque chegará o dia em que vocês vão se separar delas, embora apenas por algum tempo. Vocês vão discutir, mas perdoem sempre, mesmo quando tiverem certeza de que estão certos. O orgulho é o parceiro de uma cama fria e solitária.

Jake olhou para Dominic.

— Eu acho que Marie está prestes a nos explicar como fazem os pássaros e as abelhas.

Marie cruzou os braços em sinal de desaprovação.

— Não será necessário, sobre isso vocês dois já sabem até demais.

Jake colocou um braço em torno daquela mulher que ele considerava sua família.

— E de que outra maneira vamos fazer os bebês que você tanto ama?

Isso fez Marie sorrir.

— É melhor você casar com Lil em breve, se essa é sua intenção.

— Ah, eu pretendo me casar logo, Marie. Eu pretendo. — Ele colocou as alianças de casamento de Dominic e Abby dentro do bolso do paletó e disse:

— Vamos, Dom. Vamos ver Rosella enquanto ainda temos tempo. A vida após a morte virá mais cedo do que você pensa, se chegarmos atrasados ao altar.

Do lado de fora, debaixo da grande tenda branca onde todos estavam sentados diante de um pequeno altar e do oceano, Lil estava ao lado de Zhang.

— Então, você já conheceu o xeique?

A máscara de compostura de Zhang estava firmemente colocada em seu lugar.

— Ainda não, mas eu tenho certeza de que tudo vai correr bem.

— Eu andei fazendo umas perguntas para Jake. Você sabe que o príncipe Rachid está completamente solteiro no momento? Acho que o pai dele tinha escolhido alguém, mas o príncipe recusou. Ele não quer se casar com uma princesa mimada. Talvez ele goste de uma mulher com um pouco mais de personalidade. — Lil ergueu as sobrancelhas para a amiga.

Zhang pegou o buquê e revirou os olhos.

— Posso lhe garantir que não estou interessada.

Lil estendeu a mão e tocou levemente o braço da linda e orgulhosa moça que estava diante dela.

— Não há imprensa aqui hoje. Ninguém para registrar um ato impulsivo, se você acabar cometendo um.

Zhang não relaxou, mas também não se afastou.

— Apenas por um dia não seja Zhang, a bilionária. Não seja a mulher que você acha que precisa ser. Você fica linda com esse vestido. Faça o xeique babar por você.

Zhang suspirou.

— Eu nem sei como fazer isso.

Lil sorriu.

— Você sabe, sim. Apenas relaxe e a natureza seguirá seu curso. — Lil pegou a pequena bolsa de Zhang e a abriu, retirando o celular. — Primeiro passo, nada de torpedos. Nada de ligações urgentes. Hoje, você não é uma mulher de negócios. Você é simplesmente uma mulher linda usando um vestido maravilhoso.

Incrivelmente, Zhang não protestou, reforçando a crença de Lil de que isso era algo que sua amiga desejava fazer.

— Segundo passo — Lil continuou — você precisa me jurar que vai beijar aquele xeique antes da meia-noite.

— Preciso jurar?

Lil enrolou seu dedo mindinho em torno do dedo de Zhang.

— É o voto mais importante.

Zhang sorriu.

— Os americanos são bem esquisitos!

— Não tente fugir da raia. Jure! Estou te desafiando.

Zhang abriu um enorme sorriso.

— Não tenho nem um pouco de medo de seu jogo.

— Sério? Prove.

Zhang enrolou seu dedo mindinho em torno do dedo de Lil.

— Juro.

Lil riu e soltou a mão da amiga.

Zhang balançou a cabeça, mas riu com ela.

— Você é danada, Lil Dartley.

— É! Sou mesmo!

— E o mundo é melhor porque você existe, minha amiga.

O organizador da festa se intrometeu na conversa.

— Prontas para o cortejo?

As duas mulheres confirmaram e se foram para os seus lugares, atrás de Abby.

A música começou e Abby se virou antes de começar sua caminhada.

— Estou tão feliz que você esteja aqui, Lil.

Segurando o buquê na mão, Lil deu um empurrãozinho em Abby com a outra e disse:

— Ande logo, a menos que você queira que eu te faça chorar de novo.

Abby sorriu, com os olhos cheios de lágrimas.

Tarde demais.

Dominic estava empinado e orgulhoso em seu lugar, diante do altar, à espera de sua futura esposa. Os quatro homens que estavam de pé, do lado dele, eram igualmente uma visão impressionante e que muitas mulheres na plateia, casadas ou não, dificilmente esqueceriam tão cedo. A pastora que eles haviam escolhido para celebrar o casamento os olhava com graça silenciosa.

Quando Abby chegou junto de Dominic, ele tomou as mãos dela nas suas e eles se viraram para o altar. Lil e as damas de honra tomaram seus lugares do lado da noiva, no altar, e a pastora começou a falar. Lil não tirava os olhos de Jake enquanto a ouvia — eles estavam prometendo um ao outro fazer aqueles mesmos votos muito em breve. Ele piscou para ela como se tivesse ouvido seus pensamentos, pensando em algo bastante semelhante.

— Queridos amigos e familiares, estamos reunidos aqui hoje para testemunhar e celebrar a união de Dominic Corisi e Abigail Dartley em casamento. Quando eles vieram até mim, me pedindo para realizar sua cerimônia, eu não tinha certeza se era qualificada, já que a minha experiência tem sido limitada a pequenos casamentos em minha capela local. No entanto, depois de dois minutos com eles, eu vi que não eram diferentes de qualquer outro casal. Eles são profundamente devotados um ao outro, apaixonados e comprometidos em fazer do mundo um lugar melhor através da força do amor. Eles escreveram seus próprios votos para hoje. Você tem as alianças?

Jake as entregou para Dominic e disse algo que fez o casal sorrir.

Dominic limpou a garganta e disse:

— Abigail Dartley, hoje eu a tomo como minha esposa. Deste dia em diante, eu prometo lhe ser fiel e honesto, amoroso e solidário. Comprometo-me a ouvir o seu conselho sábio e lhe dizer quando eu decidir ignorá-lo.

Lil mordeu o lábio para segurar o riso que o comentário de Dom lhe provocou. Sua família nunca mais ia ser a mesma — sim, seria muito, muito melhor.

Dominic continuou:

— Eu prometo perdoar mais, destruir menos, e saborear todos os dias com você. Dou-lhe esta aliança como um símbolo de que tudo o que sou e tudo o que tenho será seu, agora e para sempre. — Ele colocou uma aliança de casamento no dedo de Abby.

Abby estendeu a aliança, pegou a mão dele e disse:

— Dominic Corisi, hoje eu o tomo como meu marido. Eu prometo ser fiel e honesta, amorosa e solidária. Prometo o adorar como você é e aceitar graciosamente suas desculpas cada vez que você descobrir que eu estava certa. Comprometo-me a arriscar mais, julgar menos e saborear cada dia com você. Dou-lhe esta aliança como um símbolo de que tudo o que sou e tudo o que tenho será seu agora e para sempre. — Ela colocou a aliança de ouro no dedo de Dominic.

A pastora disse:

— Com a troca de alianças e votos, Dominic e Abby juraram vossa vida e vossa lealdade um ao outro. O tempo e a tragédia irão testar esta ligação. Quando isso acontecer, lembrem o amor que vocês sentem neste dia e permaneçam fiéis a seu compromisso. Dominic e Abigail, eu vos declaro marido e mulher. Você pode beijar a noiva.

A multidão parou de respirar quando o homem que havia sido conhecido apenas por sua fortuna imensa e suas terríveis ameaças beijou suavemente os lábios de sua nova esposa e a abraçou com tanto amor que era impossível desviar o olhar.

Todo mundo se levantou e a pastora disse:

— É uma grande honra apresentar, pela primeira vez, o Sr. e Sra. Dominic Corisi.

Lil olhou para Jake e sabia que, como ela, ele estava imaginando o casamento deles, os votos deles... E o primeiro beijo de casados. Entre música e aplausos, Lil segurou o braço de Jake, e eles seguiram Dominic e Abby pelo corredor para fora da tenda para encontrarem o fotógrafo. Em breve eles teriam também seu grande dia. Mas, nas próximas horas, o que iria acontecer ficaria guardado no álbum de casamento de Dominic e Abby.

Depois de entrar na recepção com Jake e o resto do cortejo nupcial, Lil se voltou para ele e disse:

— Eu preciso entrar e verificar rapidamente se está tudo bem com Colby antes de a festa começar. Amo a babá que nós escolhemos, mas eu...

Jake a puxou contra ele e sussurrou em seu ouvido:

— Eu vou com você.

Lil riu e o afastou:

— De jeito nenhum. Nós vamos nos distrair lá dentro. Eu não vou perder o brinde.

— Eu amo o jeito que você me distrai — ele murmurou e a pegou mais uma vez.

Ela se afastou.

— Esse é o problema. Eu não vou estragar isso tudo. Se você não for comigo eu poderei estar de volta em dez minutos.

— Eu posso me controlar — Jake prometeu.

Ela se inclinou e sorrateiramente o beijou rápido, enquanto ele estava defendendo a sua honra, e, em seguida, deslizou para fora de seu alcance.

— Mas será que eu poderia? — ela brincou, em voz baixa.

O rosto dele corou de emoção.

— Eu acho que eu poderia aproveitar esses dez minutos.

— Isso não é nada de que se gabar — Lil brincou, amando quando ele abriu a boca, mas não encontrou uma resposta convincente. Isso significava que ela tinha realmente conseguido sacudi-lo. Sorrateiramente, ela lhe deu mais um beijo rápido e disse:

— Eu volto logo.

A boca dele se curvou em um sorriso.

— Eu estarei aqui, planejando minha vingança.

Ela sabia que iria adorar a vingança dele, por isso se sentiu segura o suficiente para provocá-lo mais ainda.

— Se você é tão sensível assim, escolheu a mulher errada.

Dessa vez, ele a agarrou e a abraçou contra sua excitação crescente.

— Eu não mudaria nada em você, Lil, mas isso não significa que, mais tarde, eu não te prove exatamente o quanto posso fazer em dez minutos.

Ele se inclinou para beijá-la e ela não conseguia pensar em uma única resposta. Ele a beijou até que ela esqueceu o que havia sido tão engraçado e desejou desesperadamente lhe pedir para ir com ela.

Quando ele levantou a cabeça, ela tocou a boca dele e olhou para o elegante diamante, com corte de esmeralda, em sua mão esquerda. Essa era realmente sua vida? Poderia algo tão maravilhoso estar de fato acontecendo com ela?

Ele sentiu sua mudança de humor e tentou animá-la, dizendo:

— Ajudaria se eu prometesse, pelo menos, 20 minutos?

Ela bateu no peito dele, suavemente. Na segurança de seus braços, ela admitiu seu medo.

— Por vezes, eu ainda não acredito que isso é real. Bom, Abby merece um final feliz, mas eu fiz tudo errado. Eu não mereço ser tão feliz.

Jake a puxou para mais perto e a beijou na testa. Depois, se inclinou e falou em seu ouvido.

— Se o amor fosse só para os perfeitos, o mundo seria um lugar bem triste e solitário. Nós somos o resultado de todas as escolhas que fizemos. Seus erros fizeram de você uma mulher incrivelmente forte e amorosa. E eu a amo perdidamente. Você tem um monte de amigos que estão dispostos a arriscar até serem presos por sua causa. Você trouxe Colby ao mundo. Um de seus erros salvou nossa empresa. Então, jamais mude, Lil. Se você continuar cometendo esses erros, você vai estar salvando a todos nós.

O próximo beijo que trocaram tinha menos a ver com paixão carnal e mais a ver com os dois corações estendendo a mão um para o outro, e se prometendo um ao outro para sempre.

O organizador invadiu aquele momento íntimo e perguntou:

— Vocês dois estão prontos para fazerem seus brindes?

Lil sorriu para Jake e assentiu.

— Eu acho que eu vou verificar Colby depois de fazer isso. — Ela piscou para o seu homem. — Iremos juntos.

Ele respondeu:

— Você está tentando me fazer esquecer o meu discurso?

Ela riu maliciosamente e sussurrou uma sugestão bem safada no ouvido dele.

Em um grande pátio de pedra, aninhada nos braços de Jake, Lil acenou novamente para o jato particular que agora era apenas algumas luzes desaparecendo no céu noturno.

— Ela vai amar a Espanha.

Jake disse:

— Muito mais do que você imagina.

Lil olhou para ele com desconfiança:

— O que significa isso?

Ele sorriu.

— Vou deixar que Abby conte para você depois.

— Oh, não! Nós não temos mais nenhum segredo.

O sorriso dele foi maldoso.

— Você é bem capaz de me convencer a falar.

— Você é insaciável, sabia?

Ele parecia bastante orgulhoso de si mesmo.

— Isso é uma reclamação?

Lil lembrou o quanto ela gostou do motivo por que eles não haviam estado presentes em grande parte da recepção do casamento e, relutantemente, voltaram apenas a tempo de assistir ao corte do bolo.

— Não, mas agora eu não vou ser capaz de usar o elevador sem ficar envergonhada.

— Especialmente se o sistema de segurança colocou uma câmera lá dentro.

— Ah, meu Deus! Eu nunca mais vou conseguir olhar para o pessoal da segurança.

Jake riu.

— Eu vou falar com eles e, se houver uma câmera, mando apagar o vídeo. Bom, na verdade, talvez eu faça uma cópia primeiro.

— Apague, apenas, ok?! — Lil lhe deu uma cotovelada de leve.

Jake sorriu.

Câmeras de segurança. Ela deveria ter pensado nisso quando aconselhou Zhang a soltar seu lado mais selvagem.

Esticando o pescoço para enxergar melhor a pista, Jake disse:

— Não estou enxergando mais o avião de Rachid. Será que ele foi embora sem se despedir? Quando falei com ele antes, ele me disse que havia algo que queria me perguntar. Interessante.

Lil ignorou.

— A última vez que o vi ele estava dançando, se é que a gente pode chamar aquilo de dança, com Zhang. Eles pareciam estar realmente se dando muito bem.

Jake coçou o rosto, pensativo.

— Você viu Zhang depois disso?

Lil checou o conteúdo da pequena bolsa que estava usando naquela noite.

— Não, mas o celular dela ainda está comigo. Você acha que...

Jake inclinou a cabeça para o lado, como se estivesse considerando a ideia e, então, balançou a cabeça.

— Não, a Zhang não é assim. Se o celular e o avião dela estão aqui, ela está aqui, em algum lugar. Ela nunca sairia sem eles. — Ele balançou a cabeça novamente. — Não. Não, Zhang.

Lil deu voltas com o celular de Zhang em sua mão e considerou as possibilidades. Sorrindo, ela o desligou e o colocou de volta dentro da bolsa. *Bom para você, Zhang. Eu a fiz escolher o vestido certo.*

Jake voltou sua atenção para outro assunto. Lembrando-se de sua promessa anterior sobre como eles acabariam aquela noite, ele perguntou:

— Pronta?

A sexy questão de Jake se referia àquela mesma noite, mas ela ponderou além disso.

Estou pronta para tudo isso? Este homem? Esta mudança de vida? O que tudo isso significa para mim e para minha filha?

Jake entrelaçou os dedos nos dela e Lil soube imediatamente a resposta, forte e absoluta.

Eu estou.

Eu estou finalmente pronta.

— Sim — ela disse e quis dizer isso com toda a sua alma.

De mãos dadas, eles caminharam juntos para o resto de suas vidas.

FIM

QUER SABER MAIS SOBRE A LEYA?

Fique por dentro de nossos títulos, autores e lançamentos.

Curta a página da LeYa no Facebook, faça seu cadastro na aba mailing e tenha acesso a conteúdo exclusivo de nossos livros, capítulos antecipados, promoções e sorteios.

A LeYa está presente também no Twitter, Google+ e Skoob.

www.leya.com.br

facebook.com/leyabrasil

@leyabrasil

google.com/+LeYaBrasilSãoPaulo

skoob.com.br/leya

1ª edição: Outubro 2014
papel de miolo: Pólen Bold 70 g/m²
papel de capa: Supremo 250 g/m²
tipografia: Sabon e Amazone